无所畏　无所忧

国学大家启功的人生智慧

启功　著
李强　宋玉成　选编

花山文艺出版社

图书在版编目（CIP）数据

无所畏　无所忧 / 启功著；李强，宋玉成选编. --石家庄：花山文艺出版社，2022.5（2023.11重印）
ISBN 978-7-5511-6101-5

Ⅰ. ①无… Ⅱ. ①启… ②李… ③宋… Ⅲ. ①散文集－中国－当代 Ⅳ. ①I267

中国版本图书馆CIP数据核字(2022)第048546号

书　　　名：	无所畏　无所忧
	WUSUOWEI WUSUOYOU
著　　　者：	启　功
编　　　者：	李　强　宋玉成

责任编辑：郝卫国
责任校对：卢水淹
特邀编辑：陶栎宇
封面设计：吴黛君
美术编辑：胡彤亮
出版发行：花山文艺出版社（邮政编码：050061）
　　　　　（河北省石家庄市友谊北大街330号）
销售热线：0311-88643221
传　　真：0311-88643225
印　　刷：河北朗祥印刷有限公司
经　　销：新华书店
开　　本：880mm×1230mm　1/32
印　　张：8
字　　数：156千字
版　　次：2022年5月第1版
　　　　　2023年11月第6次印刷
书　　号：ISBN 978-7-5511-6101-5
定　　价：56.00元

（版权所有　翻印必究·印装有误　负责调换）

自撰墓志铭 一九七七年作

中学生副教授博不精专不透名虽扬实不够高不成低不就瘫趋左派曾右面黴圆皮欠厚妻已七并二要後妻犹新病照旧六十六非不寿八宝山渐相凑计平生谥曰陋身与名一齐臭

韵脚上去通押六读如溜见顾亭林唐韵正

叁 山川故人 蘸着眼泪画笑容

- 记齐白石先生逸事……102
- 溥心畬先生南渡前的艺术生涯……112
- 谈谈李叔同先生的为人与绘画……138
- 仁者永怀无尽意……148
- 夫子循循然善诱人……153
- 平生风义兼师友……176
- 忆先师吴镜汀先生……179
- 朱季潢先生哀辞……181

肆 谈书论画 由人顶礼由人骂

- 酒宴乐中之苦……188
- 学诗琐忆代序……190
- 玩物而不丧志……192
- 故宫古代书画给我的眼福……197
- 我和荣宝斋……207
- 我心目中的郑板桥……210
- 清代时政及扬州文化……217

附录

- 追忆陪侍启先生——白化文……225
- 启功先生教我草与风——李强……229

目录

壹  旧时月色。人间是值得赞美的

- 我叫启功……004
- 我的家世……009
- 兄弟君臣……024
- 多事之秋……034
- 遗事堪悲……040

贰  流水今世。我从不温习烦恼

- 「上大学」……054
- 记我的几位恩师……062
- 辅仁大学逸事……066
- 翻手为云覆手雨……075
- 相伴四十年……083
- 我的书法缘……093

壹

旧时月色。
人间是值得赞美的

启功简明年谱（一）

一九一二年（壬子）1岁 出生

一九一三年（癸丑）2岁 父亲去世

一九一五年（乙卯）4岁 去雍和宫接受灌顶礼，拜师白普仁

一九二二年（壬戌）11岁 曾祖、继祖母、祖父相继去世

一九二三年（癸亥）12岁 祖父学生募集两千元公债作为其生活费

一九二四年（甲子）13岁 入小学（北京汇文学校）

一九二七年（丁卯）16岁 拜贾尔鲁为师学画

一九三〇年（庚午）19岁 从戴绥之学习古典文学，参加翠锦园文人雅集、松风画会，自号松壑

⊙ 启功10岁时与祖父（左）和姑祖丈合影

壹 旧时月色。人间是值得赞美的

我生于民国元年农历六月十三日，即公元1912年7月26日。这是一个风云巨变的年代。

我虽「贵」为帝胄，但从来没做过一天大清王朝的子民，生下来就是民国的国民。和「国」的命运紧紧相连，我的「家」也在经历着多事之秋。

我叫启功

我叫启功,字元白,也作元伯,是满洲族人,简称满族人,属正蓝旗。

满族的姓很多。满语称姓氏为"哈拉"。很多满语的姓都有对应的汉姓,如"完颜"氏,是从金朝就传下来的姓,音译成汉姓就是"王";"瓜尔佳"氏,音译成汉姓就是"关"。所以现在很多姓王的、姓关的,都是完颜氏和瓜尔佳氏的后代,当然更多的是原来的汉姓。这也是民族融合的一种体现。

我既然叫启功,当然就是姓启名功。有的人说:您不是姓爱新觉罗名启功吗?很多人给我写信都这样写我的名和姓,有的还用新式标点,在爱新觉罗和启功中间加一点。还有人叫我"金启功"。对此,我要正名一下。"爱新"是女真语,作为姓,自金朝就有了,按意译就是"金",但那时没有"觉罗"这两个字。"觉罗"是满语 gioro 的音译。它原来有"独自"的意思。按清制:称努尔哈赤的父亲塔克世为大宗,他的直系子孙为"宗室",束金黄带,俗称"黄带子",塔克世的父亲觉昌安兄弟共六人,俗称"六祖";对这些非塔克世努尔哈赤"大宗"的伯、叔、兄、弟的后裔称"觉罗",束红带,俗称"红带子",族籍也由宗人府掌管,在政治经济上也享有特权,直到清亡后才废除。清朝时,把这个"觉罗"当作语尾,加到某一姓上,如著名作家老舍先生,原来姓"舒舒"氏,后来加上"觉罗",就叫"舒舒觉罗",而老舍又从"舒舒"中取第一个"舒"字做自己的姓,又把第二个舒字拆成"舍"字和"予"字,做自己的字,就叫舒舍予。同样,也把"觉罗"这个语尾,加到"爱新"后面,变成了"爱新觉罗",作为这一氏族的姓。也就是说,本没有"爱新觉罗"这个姓,它是后人加改而成的。再说,"觉罗"带有宗室的意思,只不过是"大宗"之外的宗室而已,在清朝灭亡之后,再强调这个"觉罗",就没有意义了。这是从姓氏本身的产生与演变上来看,我不愿意以"爱新觉罗"为姓的原因。

现在很多爱新氏非常喜欢夸耀自己的姓,也希望别人称他姓爱新觉罗;别人也愿意这样称他,觉得这是对他的一种恭维。实际上,这很无聊。当年革命党曾提出"驱除鞑虏,恢复中华"的口号,辛亥革命成功后,满人都唯恐说自己是满人,那些皇族更唯恐说自己是爱新觉罗氏。后来当局者也认为这一口号有些局限性,又提出要"五族共荣",于是形势缓和了一些。

中华人民共和国成立后,那些爱新氏,仍忌讳说自己是爱新觉罗,怕别人说他们对已经灭亡的旧社会、旧势力、旧天堂念念不忘。

"文化大革命"时,只要说自己姓爱新觉罗,那自然就是"封建余孽""牛鬼蛇神",人人唯恐避之不及。"文化大革命"后又出现以姓爱新觉罗为荣的现象,自诩自得,人恭人敬,沆瀣一气,形成风气。我觉得真是无聊,用最通俗的话说就是"没劲"。事实证明,爱新觉罗如果真的能作为一个姓,它的辱也罢,荣也罢,完全要听政治的摆布,这还有什么好夸耀的呢?何必还抱着它津津乐道呢?这是我从感情上不愿以爱新觉罗为姓的原因。20世纪80年代,一些爱新觉罗家族的人,想以这个家族的名义办一个书画展,邀我参加。我对这样的名义不感兴趣,于是写了这样两首诗,题为《族人作书画,犹以姓氏相矜,征书同展,拈此辞之,二首》:

闻道乌衣燕,新雏话旧家。
谁知王逸少,曾不署琅玡。

半臂残袍袖,何堪共作场。
不须呼鲍老,久已自郎当。

第一首的意思是说,即使像王、谢那样的世家望族,也难免要经历"旧时王谢堂前燕,飞入寻常百姓家"的沧桑变化,真正有本事的人是不以自己的家族为重的,就像王羲之那样,他在署名时,从来不标榜自己是高贵的琅玡王家的后人,但谁又能说他不是"书圣"呢!同样,我们现在写字画画,只应求工求好,何必非要标榜自己是爱新觉罗氏之后呢?第二首的意思是说,我就像古时戏剧舞台上的丑角"鲍老",本来就衣衫褴褛,貌不惊人,邋当已久,怎么能配得上和你们共演这么高雅的戏呢?即使要找捧场的也别找我啊。我这两首诗也许会得罪那些同族的人,但这是我真实的想法。说到这儿,我想起了一件笑谈:一次,我和朱家溍①先生去故宫,他开玩笑地对我说:"到君家故宅了。"我连忙纠正道:"不,是到'君'家故宅了。"因为清朝的紫禁城是接收明朝朱家旧业的。说罢,我们俩不由得相视大笑。其实,这故宫既不是我家的故宅,也不是朱家的故宅,和我们没有任何关系。别人也用不着给我们往身上安,我们也用不着往上攀,也根本不想往上攀。

但偏偏有人喜好这一套。有人给我写信,爱写"爱新觉罗·启功收",一开始我只是一笑了之,后来越来越多,我索性标明"查无此人,请退回"。确实啊,不信你查查我的身份证、户口本,以及所有正式的档案材料,从来没有"爱新觉罗·启功"那样一个人,而只有启功这样一个人,所以"爱新觉罗·启功"当然就不是我了。

要管我叫"金启功",那更是我从感情上不能接受的。前边说过,满语"爱新",就是汉语"金"的意思。有些"爱新"氏在民族融合的过程中,早早改姓"金",这不足为奇。但我们这支一直没改。

---

① 朱家溍(1914—2003),字季黄、季潢,浙江萧山人。文物专家、历史学家,曾主持恢复故宫太和殿、养心殿等部分重要宫殿内部陈设原状。——编者注

清朝灭亡后，按照袁世凯的清室优待条件，所有的爱新觉罗氏都改姓金。但我们家上上下下都十分痛恨袁世凯，他这个人出尔反尔，一点信誉也不讲，是个十足的狡诈的政客和独裁者。我祖父在临死前给我讲了两件事，也可以算作遗嘱。其中一件就是"你绝不许姓金，你要是姓了金就不是我的孙子"。我谨记遗命，所以坚决反对别人叫我"金启功"，因为这对我已不是随俗改姓的问题，而是姓了金，就等于违背了祖训、投降了袁世凯，是个大问题。至于我曾有一次被迫地、短暂地在纸片上被冒姓金，那是事出有因的后话。

　　总之，我就叫启功，姓启名功。姓启有什么不好呢？当年治水的民族英雄大禹的儿子就叫"启"。所以，我有一方闲章叫"功在禹下"，"禹下"就指"启"。我还有两方小闲章，用意也在强调我的姓，用的是《论语》中曾子所说的一句话："启予足，启予手。"意为要保身自重。有一个很聪明的人见到我这两枚闲章便对我说："启先生参加我们的足球队、篮球队吧。"我问："为什么啊？"他说："可以'启予足，启予手'啊。"我听了不由得大笑。我很喜欢这几方闲章，经常盖在我的书法作品上。

　　要说姓，还有一个小插曲。我从来没姓过爱新觉罗，也没姓过金，但姓过一回"取"。考小学张榜时，我是第四名，姓名却写作"取功"，不知我报名时，为我填写相关材料的那位先生是哪儿的人，这位先生"qi""qu"不分，而且不写"曲"，偏写"取"，于是我就姓了一回很怪的"取"，这倒是事实。

我的家世

我虽然不愿称自己是爱新觉罗氏，但我确实是清代皇族后裔。我在这里简述家世，并不是想炫耀自己的贵族出身，炫耀自己的祖上曾阔过。其实，从我的上好几代开始，家世就已经没落了。之所以要简述一下，是因为其中的很多事是和中国近代史密切相关的。我从先人那里得到的一些见闻也许能对那段历史有所印证和补充。现在有一个学科很时髦，叫文献学。其实，从原始含义来说，文是文，献是献。早在《尚书》中就有"万邦黎献，共惟帝臣"的说法，孔颖达《五经正义》注曰："献，贤也。"孔子在《论语》中也说过："殷礼，吾能言之，宋不足征也，文献不足故也。"朱熹《四书章句集注》注曰："文，典籍也；献，贤也。"可见，"文"原是指书面的文字记载，"献"是指博闻的贤人的口头传闻。我从长辈那里听到的一些见闻，也许能补充一些文献中"献"的部分。当然，因为多是一些世代相传的听闻，难免在一些细节上有不够详尽准确的地方。

我是雍正皇帝的第九代孙。雍正的第四子名弘历，他继承了皇位,即乾隆皇帝。雍正的第五子名弘昼,只比弘历晚出生一个时辰。乾隆即位后,封弘昼为和亲王。我们这支就是和亲王的后代。

弘字辈往下排为永、绵、奕、载、溥、毓、恒、启。永、绵、奕、载四个字是根据乾隆恭维太后的诗句"永绵奕载奉慈帏"①而来的。"奕"有高大美好的意思,全句意为"以永久、绵长的美好岁月来敬孝慈祥的母亲",也可谓极尽讨好之能事了。溥、毓、恒、启四个字是后续上去的。

我们这一支如果从雍正算第一代,第二代即为弘昼,第三代为永璧,他是和亲王弘昼的次子,仍袭和亲王。同辈的还有乾隆第十一子永瑆(即成亲王)②、和亲王弘昼第六子永珧、第七子永琨等。第四代叫绵循,他是永璧的次子,仍袭王爵,但由和亲王降为和郡王。第五代为奕亨,他是绵循的第三子,已降为贝勒,封辅国将军③。同辈的还有四子奕聪、六子奕谨、九子奕蕊等。按规定,宗室封官爵多为武衔,不但清朝如此,宋朝、明朝也如此,如宋朝的宗室,高一级的封节度使,次一级的封防御使,都是武职。又如明朝的八大山人朱耷,作为宗室,也是封武职④。所以从奕亨那代起,我家虽都

---

① 一说是"永绵奕载奉慈娱"。
② 原文为四子永瑆(成亲王)。成亲王永瑆是乾隆第十一子,书法家,别号诒晋斋主人。
③ "封辅国将军"疑为误文,按奕亨爵位为贝勒,属于清代十四等宗室爵位的第五等,而辅国将军属于第十二等,并不是职位。
④ 朱耷,清初画家,明太祖第十七子宁王朱权后裔,明亡后一度出家,别号八大山人。《盱眙朱氏八支宗谱》载朱耷:"封辅国中尉。"

被封为将军，但只是个虚衔而已。第六代即为我的高祖，名载崇。他是奕亨的第五子，因是侧室所生，不但被迫分出府门，封爵又降至一等辅国将军。同辈的还有第四子载容等。传到第七代有三人。次子名溥良，即我的曾祖，他的哥哥叫溥善，是我的大曾祖，弟弟叫溥兴，是我的三曾祖，都袭奉国将军。第八代共有五人。我的祖父行大，名毓隆，二叔祖名毓盛，三叔祖、四叔祖皆夭折，五叔祖名毓厚，过继给我大曾祖，六叔祖名毓年。第九代即我的父亲，名恒同，是独生子。如以图表表示，则世系承接关系如下：

一	雍正（清世宗 胤禛）	
二	乾隆（清高宗 弘历）	和亲王（弘昼）
三	嘉庆（清仁宗 颙琰）	二子（永璧）
四	道光（清宣宗 旻宁）	二子（绵循）
五	咸丰（清文宗 奕詝）	三子（奕亨）
六	同治（清穆宗 载淳） 光绪（清德宗 载湉）	五子（载崇）
七	宣统（溥仪）	二子（溥良）
八		长子（毓隆）
九		独长子（恒同）
十		独长子（启功）

我的曾祖叫溥良，到他那一辈，因爵位累降，只封了个奉国将军[1]，俸禄也微乎其微，连养家糊口都困难。如果仅靠袭爵位，领俸禄，只能是坐吃山空，维持不了多久。生活逼迫他必须另谋生路。按清制：有爵位的人是不能下科场求功名的。我的曾祖便毅然决然地辞去封爵，决心走科举考试这条路[2]。所幸，他凭着良好的功底，中举登第，入了翰林，先后任礼藩院左侍郎、户部右侍郎、都察院满右都御史、礼部满尚书、礼部尚书、察哈尔都统等职。其实，他最有政绩的是在江苏学政（相当于现在的江苏省教育厅厅长）任上。最初，他被任为广东学政，赴任时，走到苏州，住在拙政园，正赶上八国联军入侵中国，西太后母子匆匆逃往西安，按规定他应该先到朝廷去述职，但此时正值战乱，不能前往，于是又被改派为江苏学政。他是一位善于选拔、培育人才的人。当时江苏有名的文人学者，大多出自其门下。我日后的老师戴绥之（姜福）就是他任上的拔贡。又如张謇（季直），他家与翁同龢家为世交友好，

---

[1] 乾隆十三年（1748年）颁布的《钦定大清会典》将宗室爵位分为十四等：一和硕亲王、二世子、三多罗郡王、四长子、五多罗贝勒、六固山贝子、七镇国公、八辅国公、九不入八分镇国公、十不入八分辅国公、十一（分一二三等）镇国将军、十二（分一二三等）辅国将军、十三（分一二三等）奉国将军、十四奉恩将军。除了皇帝特准世袭罔替的之外，后代递降袭爵。所以前文中第三代永璧封和亲王，第四代绵循降为和郡王，第五代奕亨降为多罗贝勒，第六代载崇是庶子，降为一等辅国将军，第七代溥良则降为奉国将军。

[2] 此处似作者记忆有误。据1937年《爱新觉罗宗谱》中的溥良履历为："光绪元年（1875年）乙亥科中式举人，光绪六年（1880年）庚辰科中式文进士，光绪九年（1883年）五月授翰林院编修，十一月授詹事府司经局洗马，十二年十一月考封奉国将军。"显示溥良是先参加科举，后又参加了考封并获得爵位。

翁同龢曾特别写信嘱咐我曾祖父务必安排好张謇。翁同龢曾任同治、光绪的老师，并几乎任遍六部尚书，还任过中堂，也算是一代名臣，现在竟亲自来过问张謇的前程。这封信现在还在我手中，因为文笔好，说的又和我家的事相关，我至今还能背下来："生从事春官，目迷五色，不知遗却几许隽才，贤郎其一矣。生有极器重之通家，曰江南张謇，孝友廉谨，通达古今……"翁同龢做过礼部尚书，按《周礼·春官》记载，春官为六官之一，掌礼法、祭祀，后来就成为礼部的代名词。所谓"目迷五色""贤郎其一矣"，是对上次科考，没能看准，因而遗漏了令郎（我祖父）而表示歉意。我曾祖也是翁同龢的门生，这封信写得又这样富于暗示性，岂敢不听？于是安排张謇做了崇明书院的山长。过了两年，到下一次省试时，他和我祖父两人果然高中，张謇拔得状元，我祖父考中进士，入翰林。

　　显然，张謇和我祖父的中第与翁同龢的特意安排有关，说白了，这就是当今所说的"猫腻"，但这在当时也是公开的秘密。状元是要由皇帝钦点的，一般情况下都由阅卷大臣排定。他们认为好的卷子，就在上面画一个圈，谁的圈多，谁就排在前面。前十本要呈交皇帝亲自审查，阅卷大臣把他们认为第一的放在最上面，皇帝拿起的第一本就是状元了，下边的就是榜眼、探花，以此类推。其他级别的考试也如此，但也有例外，如乾隆时有一位名叫尹继善的，他是刘墉的学生，曾四任两江总督。两江是清朝财政的主要来源地，尤其是盐政，再加上钱、粮，朝廷在此地有大量的收入，因此两江总督是朝廷和皇帝非常倚重的要职。某年会试，尹继善参与主持，准备录取的状元是江苏人赵翼（瓯北），赵翼本来学问就好，又是军机章京，最了解考场的内情，知道什么文章最对路数。但乾隆觉得江苏的状元太多了，想换一个别省的。他特别喜欢尹继善奏折上书一类公文的文笔，又知道这些文笔都出自尹继善手下的幕僚陕西人王杰（伟人），便特意问尹继善："你们陕西有状元吗？王杰这个人怎么样？"意思是想取王杰，并以此来奖掖尹继善，或者说得更直白些，就是拍尹继善的马屁。为了政治的需要，皇帝有时也要拍大臣的马屁。尹继善自然顺水推舟，于是改取王杰为状元，而把赵翼取为探花，为此赵翼始终耿耿于怀。但科举要服从政治，这是明摆着的道理。

我曾祖遇到的最值得一提的是这样一件事：他在任礼部尚书时正赶上西太后（慈禧）和光绪皇帝先后"驾崩"。作为主管礼仪、祭祀之事的最高官员，在西太后临终前，我曾祖要昼夜守候在她下榻的乐寿堂（据史料记载当作仪鸾殿）外。其他在京的、够级别的大臣也不例外。就连光绪的皇后隆裕（她是慈禧那条线上的人）也得在这边整天伺候着，连梳洗打扮都顾不上，进进出出时，大臣们也来不及向她请安，都惶惶不可终日，就等着屋里一哭，外边好举哀发丧。西太后得的是痢疾，所以从病危到弥留的时间拉得比较长。候的时间一长，大臣们都有些体力不支，便纷纷坐在台阶上，情景非常狼狈。就在西太后临死前，我曾祖父看见一个太监端着一个盖碗从乐寿堂出来，出于职责，就问这个太监端的是什么，太监答道："是老佛爷赏给万岁爷的塌喇。"（"塌喇"在满语中是酸奶的意思）当时光绪被软禁在中南海的瀛台，之前也从没听说过他有什么急症大病，隆裕皇后也始终在慈禧这边忙活。但在酸奶送过去后不久，就由隆裕皇后的太监小德张（张兰德）向太医院正堂宣布光绪皇帝驾崩了。接着这边屋里才哭了起来，表明太后已死，整个乐寿堂跟着哭成一片，在我曾祖父参与主持下举行哀礼。其实，谁也说不清西太后到底是什么时候死的，也许她真的挺到了光绪死后，也许早就死了，只是秘不发丧，等到宣布光绪死后才发丧。这已成了千古疑案，查太医院的任何档案也不会有真实的记载。但光绪帝在死之前，西太后曾亲赐他一碗"塌喇"，确是我曾祖亲见亲问过的。这显然是一碗毒药。而那位太医院正堂姓张，后来我们家人有病还常请他来看，我们管他叫张大人。

我的大曾祖溥善袭奉国将军，没下过科场，也没做过什么大官。我的三曾祖，也袭奉国将军，他和我曾祖一样，也决心走科举之路，靠自己的努力走上仕途。但他觉得自己的汉文不行，便习满文，考武举，补满缺，后来他还主考过满文，最后官至翰林。

我的祖父这一代兄弟共五人，祖父毓隆行大。二叔祖名毓盛，他有个孩子，我管他叫五叔，小时常在一起玩，后来不知怎的就死了。三叔祖和四叔祖都夭折。五叔祖名毓厚，后过继给我大曾祖。他有三个儿子,二儿子和三儿子活到中华人民共和国成立后,三儿子在"文化大革命"时期服毒自杀了。还有六叔祖毓年。我的祖父更没有爵位可依靠,在我曾祖的影响下,也走了靠科举博取功名的道路。他十八岁中举,二十一岁考上翰林,任过典礼院学士、安徽学政、四川主考等职,善书画。二叔祖毓盛也做过理藩院部曹一类的中下级官员。后来得了瘟疫,他凭着懂点医术,自己开药。据说有一味石膏,讲究配伍,他搞错了,结果服药后不久就死了。

我外祖的家系要从外高祖赛尚阿谈起。他是蒙古正蓝旗人,能文能武,中过举,曾任过内阁学士、理藩院尚书,又被授予过头等侍卫,任过钦差大臣,到天津负责防治海疆,统率过新成立的洋枪队,因训练有素,受到过嘉奖。最后官至步军统领、协办大学士。后来洪秀全在广西起义,朝廷就派他为钦差大臣前往镇压。他与洪秀全等人从广西一直转战到湖南。开始,还有些战功,但当时的起义军正处于蓬勃发展的时期,势如破竹,临时拼凑的官军自然难以抵挡。后来官军在永安战役、长沙战役中连连失利,朝廷怪罪下来,他革职押解进京,经会审,"论大辟,籍其家,三子并褫职"。而他自己的辩解是不忍在战场上杀人太多。这说明他终究是一个宽厚的人,但战场上的事实在说不清。后来幸亏有人为他说情,才得以获释,发配戍边,后来又训练过察哈尔的蒙古兵,最后授了一个正红旗蒙古副都统。

他有五个儿子。大儿子和四儿子的情况我不知道。他二儿子一家住在西北时,全都让阿古柏①杀了。后来,朝廷派左宗棠前去镇压,把阿古柏的势力一直赶到了沙俄。三儿子名崇绮,也就是我的三外曾祖。崇绮也决心走科举之路,但他参加考试时,由于父亲赛尚阿刚犯过大罪,也算有"历史问题"和"家庭出身问题",所以不能参加官卷考试,而只能参加民卷考试。他学问好,字也写得漂亮,递上去的前十本内,就有他的,主考官也不知道这里面有旗人。因为按祖宗传下来的规矩,旗人是不能取为三甲的,三甲要留给汉人,为的是以此笼络汉族知识分子,这也算是清朝比较开明的民族政策和"统战"政策吧。阅卷官把选出来的前十本按次序呈给同治皇帝亲览。第一本就是崇绮的。如前所述,这第一本就应该是状元。同治看完后,才知道这是崇绮的卷子。录取吧,于规矩不合,因为他是旗人,又是罪人之子;不录取吧,又明明考第一,并无任何作弊的嫌疑,于崇绮本人一点儿责任都没有。同治十分为难,便找来大学士灵桂、瑞常等人商议。灵桂认为,这虽不合规矩,但绝不是有意为之,纯属偶然巧合,不妨把它视为科考佳话。于是同治法外开恩,录取崇绮为状元。崇绮是清朝开国以来,第一位由民卷而考中的旗人状元。《清史稿》说:"立国二百数十年,满、蒙人试汉文而授修撰者,止崇绮一人,士论荣之。"

---

① 阿古柏(约1821—1877),中亚浩罕军汗国安集延人,曾任阿克麦吉特伯克。在英国及沙俄的幕后支持下,于同治四年(1865年)入侵中国喀什,占领南疆并成立"哲德沙尔汗国""洪福汗国",史称"阿古柏之乱"。陕甘总督左宗棠率军收复新疆时,阿古柏战败并被部下击毙。

崇绮的女儿是同治的皇后，谥号为孝哲毅皇后。崇绮被封为三等承恩公。后来同治病死，西太后迁怒于她，认为是她没伺候好同治，对她百般挑剔、处处为难。她觉得没有活路，想自杀，又找不到自杀的办法，就把父亲崇绮叫去商量怎么办。崇绮跪在帘子外——这是宫里的规矩，女儿做了皇后，即使是父亲见她也要行君臣大礼——问她："不吃，行不行？"她说："行。"于是最后决定采取绝食而死的办法。试想这是一幕多么惨不忍睹的情景：女儿没有活路，又无人救助，请来父亲，父亲不但束手无策，还要跪倒在封建礼教前，替女儿出主意怎样去死。这真称得上是"君让臣死，臣不敢不死"的典型了。崇绮女儿绝食几天后，西太后曾看过她一回，给她调了一匙杏仁粥，她不敢不喝。这样又多活了两天，最后还是悲惨地饿死了。但史书上又是怎么记载的？《清史稿》居然说"初，穆宗崩，孝哲皇后以身殉，崇绮不自安，故再引疾（称病）"。明明是被迫自杀，却说是"以身殉"；既然是以身殉，那就是大"节烈"，其父亲又何必"不自安"地引退？这不明明是睁着眼睛说瞎话吗？唉，历史书啊，真不能随便相信。

还有更悲惨的事。八国联军打向北京时，崇绮算是护驾，随着西太后一直逃向西安。他坐的车走到保定附近车轴断了，只好住在保定的莲池书院。这时，他接到一封家书，打开一看，是他儿子郑重其事写的《叩辞严亲禀》。他的儿子叫葆初，我母亲叫他"葆大叔"。原来八国联军攻占北京后，他和母亲未能带全家护驾西太后，觉得作为皇亲国戚,应该遵循"主辱臣死"的古训,加上崇绮是倾向义和团的,而这时慈禧由利用义和团转而出卖义和团,于是决定带全家自杀殉国。在自杀前,葆初给远随西太后避难的父亲写了这封信,报告了母亲和自己的决定。崇绮接到这封信后,知道全家死得如此惨烈,真是肝肠寸断、痛不欲生。加上自己因车坏,再也无法赶上西太后,便在窗户棱上上吊自杀了。这样一来,我三外曾祖一家全都死光了。八国联军攻进北京后,确实有大量的王公贵戚自杀殉国,对这种现象如何评价,我一直想不清楚,也就不好妄加评论了。

我外高祖的五儿子叫崇纲,就是我的外曾祖,他精通满文,做过驻藏帮办大臣。他由西藏回来后住在香饵胡同。我的外祖和三外祖,都是他的儿子。我的三外祖叫克诚,也懂满文和蒙文,我的三曾祖主考时,发现他出的满文题目有错误。我的外祖叫克昌,他的二伯父一家都让阿古柏杀了,他便继承了二伯父的爵位,由于他二伯父算是阵亡将士,所以他被从优封为骑都尉和云骑尉双重职位①。我的外祖母死后,外祖精神上受到很大打击,一直把外祖母生前住的屋子锁着。直到他故去以后,别人才打开,里边乱七八糟的。这时,家里只剩下我母亲孤零零的一个人了,后来被送到我三外祖家去过。我三外祖从精神上很体贴她,特意吩咐自己的孩子,即我的姨、舅等,都管她叫"亲姐姐",免得她有孤独疏远、依傍他人的感觉。我的

---

① 此处叙述似有误。骑都尉和云骑尉在清代是爵位而不是职位。

三外祖在民国建立前后曾在"瀛贝勒"（溥雪斋的父亲）府教家馆，也在我们家教书。学生只有两个，一个是我八叔祖，一个是我父亲。当时，我的八叔祖已订婚，而我的父亲还没有。于是三外祖就把寄居在他家的我母亲许配给我父亲。但没想到我父亲有肺病，在当年那可是绝症。母亲过门一年后生了我，第二年父亲便过世了。

我的母亲命真苦。在娘家时孤单单的，没有兄弟姐妹，父母死得又早。后来嫁给我的父亲，不想丈夫又很快死去，又变成孤寡一人。我父亲是独子，只有一姐一妹，即我的大姑和二姑。我的大姑早早出嫁，二姑叫恒季华，早年也定下婚事，没想到男方早早死去。按当时最严格的封建制度，既已许配，就不许再嫁，于是我二姑就成了"望门寡"①，更是一个苦命的人。她许配的那一家也是我们的熟人，有时我们去串门，她也要有意地回避。其实古人在妇女再嫁的问题上并没有那么多的清规戒律，再嫁是很平常的事，比如众所周知的李清照。可笑的是不但有些古人，甚至有些现代人，还在责备李清照的再嫁，认为这是她人生中的一个污点或遗憾；有些人虽不这样正面谴责，却在极力地为李清照"辩诬"，说她并没有改嫁，思想深处还是认为改嫁是一件不光彩的事。其实，妇女再嫁在宋代是常见的事，而后来程朱理学及其后代末学对妇女变本加厉的迫害，导致了风气和观念的变化，这也是我最反对朱熹之流的原因之一。

① 男女双方订婚后，未结婚而男方先死，女方守寡的情况叫望门寡。

民国后,这种制度虽然有所松动,但我的姑姑年龄也大了,于是她终身未嫁,决心帮助我母亲一起抚养我这个两代单传的孤儿。

后来,我用自己第一份薪水买的第一部书,是清人汪中①(容甫)的《述学》。为什么单买这一部呢?因为我小时候,就从别人那里看到过这部书,知道汪中和我有同样的经历和同样的感触,内心涌起深深的共鸣。汪中也是早年丧父,家中贫困到母亲不得不带着他讨饭的地步,每到寒夜时,母子只得相抱取暖,不知是否能活到天亮。汪中在给汪剑潭的信中曾动情地说过这样的意思:大凡为寡妇者多长寿,但等到儿子大了,能供养母亲时,即使有参苓粱肉也无补于她即毙之身了。他还痛切地谴责过"夫死妇不得再嫁"制度的不合理性。这一切都与我产生共鸣,使我十分感动。我在《论书绝句》一百首中的第八十九首写道:

持将血泪报春晖,文伯经师世所稀。
禊帖卷中瞻墨迹,瓣香应许我归依。

这首诗就是纪念汪中的,"文伯""经师"都是指他(《述学》中有汪中的定武本《兰亭序》跋;《兰亭序》也称《禊帖》)。我

---

① 汪中(1745—1794),清代哲学家、文学家、史学家。字容甫,江都(今属江苏扬州)人。34岁为拔贡后绝意仕进。能诗,工骈文,精于史学,博考先秦图书,研究古代学制兴废。

又在诗的下面配上一段文字:"功周晬失怙,先母抚孤,备尝艰苦。功虽亦曾随分入小学中学,而鲁钝半不及格。十六七始受教于吴县戴绥之师,获闻江都汪容甫先生之学。旋于新春厂甸书摊上以银币一元购得《述学》二册,归而读之,其中研经考史之作,率不能句读,而最爱骈俪诸文。逮读至与汪剑潭书,泪涔涔滴纸上,觉琴台、黄楼诸篇又不足见其至性者焉。"2002年我应邀到扬州讲学访问,曾专程到汪中的坟前恭恭敬敬地鞠了三个躬。汪中墓碑上的"大清儒林汪君之墓"是由伊秉绶①所题。墓地在一个很偏僻的地方,大概正因为此,"文化大革命"中才幸免于难吧。

---

① 伊秉绶,清代书法家。字组似,号墨卿,晚号默庵。喜绘画、治印,历任刑部主事、知府等,以"廉吏善政"著称。

滄海

辛未夏日啟功試筆

兄弟君臣

我的九代祖是清世宗雍正皇帝胤禛,"胤""禛"这两个字都是不常用的。清朝皇帝的名字一般都很怪,字都很生僻,为的是防止出现更多的避讳字,如康熙最初所立的太子名胤礽(réng 或 chéng),人人都要避讳这两个字,甚至这两个音①。大家知道,清朝有一个著名的词人叫纳兰成德(字容若),后来一度改为纳兰性德,就是为了避讳 chéng 这个音。但胤礽被废后,后人仍管纳兰叫性德就不对了。因为他死后,亲朋在吊唁时,都称他为成容若。胤礽被废后,立为理亲王,与礼亲王昭梿等都属于"世袭罔替"的"八大铁帽子王"。理亲王的谥为"密",这不是好字眼。后来胤禛当了皇帝(雍正),于是同辈的人为避讳"胤"字,而改为"允"字。雍正只特许他喜欢的怡亲王胤祥可以不避,但怡亲王自己不敢,还是主动改为"允祥"。

---

① 此处作者解释似有误。按礽没有(chéng)的读音,后文中纳兰成德讳(chéng)避讳的可能是胤礽乳名保成中的"成"。

雍正有十个儿子。长子早在乾隆出生的前七年，即康熙四十三年（1704年）死去，二子、三子、七子、八子、九子、十子皆夭折，六子又过继给别人①，所以只有第四子弘历与第五子弘昼有继承皇位的可能。后来弘历当了皇帝，这就是清高宗乾隆皇帝，而弘昼只能被封为和亲王。在争夺帝位的过程中，他们两人的关系十分复杂微妙，其中生辰是一个关键。弘昼只比弘历晚出生一个时辰，但就是这一个时辰决定了他们终身的兄弟地位，进而决定了他们终身的君臣地位。弟弟虽被封为亲王，但在皇帝哥哥面前只能永远是臣子。

他们之间的关系之所以复杂，还有一个特殊的背景。按清制：某后妃生了孩子，必须交给另外的后妃去抚养，即后妃不能直接抚养自己亲生的儿子，目的是避免母子关系过于亲密而联合起来有所企图。谋求皇位——这是皇室和皇帝最忌讳的事，为此，甚至不惜割断母子之间的血缘亲情，用心可谓良苦。和亲王是雍正耿氏妃所生（后被封为裕妃，地位在诸妃之上，死后被尊为纯悫皇贵妃②），而抚养他的恰恰是乾隆的生母（雍正时封为熹妃，乾隆即位后，秉雍正遗命，尊为孝圣宪皇太后③）。而乾隆生下后又被别人所抚养。

---

① 雍正有四个夭折的儿子未序齿，第六子弘瞻实际上是第十子，封为果郡王。这里的第四子、第五子也是按未序齿的次序排行。

② 《清皇室四谱》记载，雍正耿氏妃谥号是"纯懿皇贵妃"。《清史稿》记载的"纯悫皇贵妃"有误。

③ 《清皇室四谱》记载，乾隆即位后尊生母为"崇庆皇太后"，而"孝圣宪皇太后"是其死后的谥号。

人的感情是复杂的，虽然天下的母亲没有不爱自己亲生骨肉的，但她对从小就拉扯大的孩子也会产生深厚的感情；而对虽为亲子，却从来没亲自抚养过的孩子，感情上就未免容易产生隔阂或疏远。乾隆的生母就是这样的人，她虽不是和亲王的生母，但从小把他抚养大，对他感情非常深，喜爱的程度远远超出亲生儿子乾隆。乾隆长大后当然非常了解这种感情和这层关系，特别是当了皇帝之后，更不得不时时加以提防。因为自己当了皇帝，生母就是太后。太后在清朝有很大的权力，甚至是废立大权。乾隆总担心太后因喜爱和亲王就借故废掉自己而立和亲王为皇帝，所以乾隆不得不采取极为谨慎、周密的策略和办法。他一方面对太后十分恭敬，晨昏定省，礼仪上格外尊崇，甚至大兴土木，修建大报恩寺（即后来的颐和园主建筑）为太后做寿；另一方面就是处处带着太后，表面上是向外界表示母慈子孝，自己时时侍奉在太后的左右，实际上是随时看着她，隔开她与和亲王的联系——与其交给别人看着，总不如自己看着更放心。但史家却往往没有看透这一点。《清史稿·后妃传》在记载乾隆生母时称：

> 高宗事太后孝，以天下养。……太后偶言顺天府东有废寺，当重修，上从之。……上每出巡幸，辄奉太后以行。南巡者三，东巡者三，幸五台山者三，幸中州者一。谒孝陵，狝木兰，岁必至焉。遇万寿，率王大臣奉觞称庆。……庆典以次

加隆。……先以上亲制诗文（前边提到的"永绵奕载奉慈恃"就是这类诗文）、书画，次则……诸外国珍品，靡不具备。

如果把"奉太后""南巡、东巡"等解释为"孝敬"，也许勉强可通，但"狝木兰"就令人费解了。"木兰"是满语"吹哨引鹿"的意思，清朝皇帝每年秋率王公大臣到围场打猎习武，称"木兰秋狝"，称其地为木兰围场。后来这个制度与这个围场都逐渐废弛，围场成了放牧垦田的地方，于是索性改为"围场县"，今属河北省。显然，"木兰秋狝"，就是当时的军事演习，这和太后有什么直接关系？为什么非要带着她，而且非要等她病重后才把她送回承德的避暑山庄？这不明明是对太后存有疑虑，才时时带在身边吗？

后来有一位著名的学者叫王伯祥，著述甚丰，虽有很多在抗日战争中毁于战火，但有一部《乾隆以来系年要录》尚存（这个书名是套用宋人李心传《建炎以来系年要录》而来的，但"建炎以来"是南宋在江南另开基业，套用到"乾隆以来"未见得准合适）。书中用大量的篇幅说乾隆如何每日亲侍太后左右，他们之间如何的母慈子孝，把这些当成煞有介事的美谈。这只说出了表面现象，而没有看到深层原因，即不了解乾隆为什么要如此"孝顺"太后。他表面上做得很堂皇，像个大孝子，但实际上是另有考虑。这是很多修清史的人，包括我很尊敬的王伯祥老所不知的。我曾为这本书写过一篇跋，虽然没有直接道破这一点，但有一段话却是针对类似所有这样的现象而发的：

> 后世秉笔记帝王事迹之书，号曰"实录"，观其命名，已堪失笑。夫人每日饮食，未闻言吃真饭、喝真水，以其无待申明，而人所共知其非伪者。史书自名实录，盖已先恐人疑其不实矣。又实录开卷之始，首书帝王之徽号，昏庸者亦曰"神圣"，童骏者亦曰"文武"，是自第一行即已示人以不实矣。

这是我很得意的一段文字，得到叶圣陶老"此事可通读报章"的称赞。

"和王"满语叫"和硕"[①]，意为四分之一，一角，相当于英语的 quarter，即他的爵位享有皇帝四分之一的权力。其实雍正在挑选继嗣时非常慎重，对他们从小就进行观察，多次通过不同的方式方法进行试探，测验弘历与弘昼兄弟的喜好、性格、志向、能力。当乾隆与和亲王还在上书房念书的时候，雍正就常让太监拿一些小东西、小玩意儿，如小盒子、图章等赏给这两位阿哥（太监在皇帝面前一律称皇子为"阿哥"），平时见面时也常如此。这些东西多少有些志趣尊卑的象征性。雍正本希望乾隆能拿到好的，但乾隆总抢

---

① 此处作者的解释似有误。清代的亲王全称和硕亲王。而和亲王的封号"和"，满语意为"和睦的""友好的"。可见"和"亲王的和与"和硕"的意义并不相同。

不过和亲王,好东西每次都被他抢走,这种掐尖儿的行为也很能反映一个人的性格。所以雍正最终选定乾隆是经过深思熟虑的,一旦决定后,就把皇位继承者的名字放在神圣的乾清宫"正大光明"的匾额后面,以示郑重(后来我发现,这四个字是根据位于西华门内路北咸安宫门两侧的刻石翻拓的,一边是"正大"两字,一边是"光明"两字,这四个字是顺治皇帝所书。原拓片在台湾地区,现在挂在太和殿上的是重拓的,墨迹不如原来的浓)。但弘昼却不这样想,他对自己因只比乾隆晚生一个时辰而没能当上皇帝始终耿耿于怀,说不定还怀疑是不是有人动了手脚,因为那时还没有准确的计时方法,更没有准确的接生记录,早一个时辰,晚个一时辰,只是那么一报而已。日久天长,他的心理难免有些变态。再加上自小受到太后的宠爱,有恃无恐,所以脾气禀性颇为怪异。他喜欢自己做点小玩意儿,家里盆盆罐罐的小摆设以及一些祭祀用品都是纸糊的。每到吃饭的时候就让用人跪一院子,大哭举哀,他自己在上面边吃边乐,觉得很痛快。前面提到的"铁帽子王"之一的礼亲王昭梿,曾编过一本《啸亭杂录》,书中多记宫中之事,这是一般人所不敢写的,只有像他那样地位的人才敢这样写,因此在清史研究中是一部很重要的书。我曾买得此书中的两卷,是一般版本中所没有的,后交给中华书局,以补充原来的不足。书中有一条叫"和王预凶",说的就是这件事。"凶"是五礼之一(五礼包括"吉""凶""宾""军""嘉"五种,即以吉礼敬鬼神,以凶礼哀邦国,以宾礼亲宾客,以军礼诛不虞,以嘉礼和姻好），和亲王在没死前即预先行凶礼，而且这种礼是哀邦国的，对国家很不吉利，也许他心想这国家反正不是他的，无所谓。这说明他心理严重失衡，而且是有意冲着乾隆来的。乾隆拿他也没办法，还说："你既然喜欢做小玩意儿，干脆去负责造办处吧。"于是他做了一个小板凳，上面铺上马鞍子，自己骑在上面，问："哥哥您看怎么样？"乾隆只好尴尬地说："好。"他又马上跪下磕头请罪，说："我在皇上面前失礼了。"气得乾隆无奈地说："这是你找寻我啊，我并没说你有什么不对啊！"这话看似宽宏，实际含着很深的积怨，挑明是对方故意寻衅。又如，一次他和乾隆一起到正大光明殿去监考八旗子弟。到了傍晚，他请乾隆先去吃饭，乾隆没答应，他便有意激道："难道您还防备我买通他们不成？"乾隆当时没说什么。第二天和亲王又觉得不妥，去向乾隆叩头谢罪，说自己出言不逊，冒犯了天威，请皇上不要计较。乾隆答道："我要是计较，就凭你昨天一句话，就可以把你剁成肉酱！"从中不难看出他们的积怨随时都有爆发的可能。这种紧张的关系一直持续到和亲王死去。据说他病重临死前，乾隆曾去看望过他。和亲王挣扎着爬起来在床上给乾隆磕头，一边磕，一边用两手围在头上，比画出帽子样。和亲王的用意是希望乾隆把自己"头上"的这顶"和亲王"的"帽子"永远赏给子孙，就像八家"铁帽子王"那样永远世袭罔替地传下去。也不知乾隆是真不明白还是假不明白，所答非所问地摘下自己的帽子，交给他，说："你是想要我的帽子啊？"众所周知，皇帝的冠就是权力的象征。不知乾隆当时是把那顶帽子当成普通的帽子,还是当成了具有特殊意义的帽子。如果是后者,是想让和亲王在生命的最后一刻沾一下这顶冠的边,还是讽刺他"你到临死也不忘这顶帽子",这只能是见仁见智地任人评说了。但和亲王不算世袭罔替的"铁帽子王",而他死后乾隆仍让他的儿子永璧多袭了一代和亲王,而永璧的儿子虽不再袭亲王而改袭郡王,也确实是对这个弟弟法外开恩了。

《清史稿·诸王传》有一段不到三百字的和亲王传,其中除了对殿试这一段有具体的记载外,其余都是概括的介绍,说他:

> 少骄抗,上每优容之……性复侈奢,世宗(雍正)雍邸旧资,上悉以赐之,故富于他王。好言丧礼,言:"人无百年不死者,奚讳为?"尝手订丧仪,坐庭际,使家人祭奠哀泣,岸然饮啖以为乐。做明器象鼎彝盘盂,置几榻侧。……

我的所闻可以和这些记载相印证,并对它们进行一些具体事例的补充。

而太后却总向着和亲王,处处偏袒他,这也是乾隆无可奈何的地方。如当时的造币局在北新桥路西(即现在的第五中学一带),当时的铜钱,一面铸有满文的"宝泉"二字,一面铸有汉文的"大清通宝"字样,所以造币局又称"宝泉局"。钱铸好后,由北新桥往南,经铁狮子胡同（今张自忠路）东口运往户部。铁狮子胡同东口路北的大宅子就是和亲王的王府（即后来的段执政府）。那儿有两个门，人称东阿司门、西阿司门（音），昼启夜闭，起守卫作用。一次，造币局的车路过此地，和亲王居然令人把所有的车马通通由东阿司门赶进府内，关上大门，简直如路劫一般。乾隆听到后大怒，决心一定要严惩他一下。按律，截国库的钱要根据情节轻重发配到远远不同的地方。但考虑到太后的因素，乾隆又不敢真的把他发配得太远，和大臣商议后，决定采取变通的方法，罚他去守护陵寝。第二天早上，乾隆到太后那里请安，想把此事通报太后。只见太后沉着脸，连头都不抬，只顾自己收拾东西。乾隆搭讪了半天，太后始终一句话都不说。乾隆只好耐着性子，问太后身边的宫女："太后这是怎么了？"宫女答道："您把和亲王发去守陵，太后不放心，说了：'我怕和亲王受不了，要收拾东西陪他一起去。'"乾隆听罢，只有暗自叫苦，收回成命。乾隆一是怕消息传出去，说太后让自己气跑了；二是仍怕太后与和亲王借此机会勾结在一起。

　　后来太后还是不高兴，也不和乾隆过话。乾隆只好再去找宫女打探虚实。宫女说："太后说了：'没见过金山、银山是什么样。'"乾隆巴不得能找个机会讨太后欢心，心想这回好办，让户部多凑些金元宝、银元宝往桌上一堆，不就得了吗？果然就这么办了。太后遛弯儿时看到这堆出来的金山、银山，高兴得笑了，真有点儿像"烽火戏诸侯"的翻版。不料太后接着跟乾隆说："把这些都赏给和亲王吧。

他太穷了,他但凡有钱又何必截宝泉局的钱呢?"乾隆心里叫苦不迭,连忙解释说:"这都是我从户部临时借来,请您看着玩儿的。"太后仍然不依,闹得乾隆一点儿办法都没有,最后只得全都赏给和亲王。太后就这样包庇、纵容和亲王,他明明已是"富于他王"了,还要在乾隆面前为他哭穷。乾隆只能装作顺从,虚以周旋,但心里的怨恨不言而喻,与和亲王的关系也只能越来越僵。直到乾隆三十年(1765年)和亲王死后,才算平静下来。和亲王工书,有《稽古集》传世。

多事之秋

我生于民国元年农历六月十三日,即公元1912年7月26日。这是一个风云巨变的年代。

前一年(辛亥年)爆发了辛亥革命,清王朝随之灭亡,中国从帝制走向共和。也就是说,我虽"贵"为帝胄,但从来没做过一天大清王朝的子民,生下来就是民国的国民。所以我对辛亥革命没有任何切身的感受,只能承认它是历史的必然。1981年纪念辛亥革命七十周年时,有人向我征题,我只能这样写道:

半封半殖半蹉跎,终赖工农奏凯歌。
末学迟生壬子岁,也随诸老颂先河。

辛亥革命之后,中国经历了大动荡的年代:二次革命、袁世凯称帝、护法战争、军阀混战,中国的共和在艰难中不断前行。

和"国"的命运紧紧相连,我的"家"也在经历着多事之秋。

我的父亲恒同在我刚刚一周岁的时候,即1913年7月就因肺病去世了。当时还不到二十岁,所以我对他一点儿印象也没有。那是我第一回当丧主,尽管我一点儿事也不懂。据说,因为父亲尚未立业,没有任何功名,所以不能在家停灵,只能停在一个小庙里,在那里给他烧香发丧。

如果说我家由我曾祖、祖父时已经开始衰落的话,那我父亲的死就揭开迅速衰败的序幕。那时,我祖父虽还健在,但他已从官场上退了下来。我的曾祖和祖父都没有爵位可依靠,都是靠官俸维持生活。清朝的正式官俸是很有限的,所以官员要想过奢侈的生活只能靠贪污,这也正是当时官场腐败的原因之一。但我的曾祖和祖父本来都很廉洁,再加之所做的多是清水衙门的学官,所以家中并没有什么积蓄,要想维持生活就必须有人继续做官或另谋职业。现在家中唯一可以担当此任的人,在还没有闯出任何出路时,却突然去世了,这无疑犹如家中的顶梁柱突然崩塌,无论在经济上、精神上都给全家人以巨大的打击。

首当其冲的当然是我的母亲。她在娘家时就是孤单一人,后来还不得不寄居在别人家。好不容易盼到有了自己的家和自己的亲人,不管我父亲日后能取得多大的功名和事业,能挣多少钱,总算是有一个踏踏实实的依靠,然而现在这个属于自己的依靠突然又没了,又要过一种新的寄人篱下的生活。公婆当然不会让她饿着、冻着,特别是她又为他们生下了一脉单传的孙子,但每月能得到的至多是几吊钱,而面临的将是无边的孤独与苦难,那日子的悲惨与艰辛是可想而知的。于是她首先想到的是死,哭着喊着要自杀,我的祖父怎么劝她也不听,最后只能用我来哀求她:"别的都不想,得想想自己的儿子和我的孙子吧,他还得靠你抚养成人啊!"这样,她才最终放弃了一死了之的念头,决心为我而苦熬下来。

我们当时住在什锦花园一个宅子的东院,我父亲死在南屋。南屋共三间,西边有一个过道。我父亲死后谁也不敢走那里,老用人要去后边的厕所,都要结伴而行。据她们说,她们能听到南屋里有"梆、梆、梆"敲烟袋的声音,和我父亲生前敲的声音一样。还有一个老保姆说,我父亲死后的第二天早上,她进过我父亲住的屋子,说我父亲生前装药的两个罐子本来是盖着的,不知怎么,居然被打开了,还有好几粒药撒在桌上,吓得她直哆嗦。也难怪她们,因为这个院子里,除了襁褓中的我,再没有一个男人了。于是我母亲带着我们搬到我二叔祖住的西院,以为那边有男人住,遇事好壮壮胆。我二叔祖很喜欢我父亲,他住在这院的北屋。搬去的那天晚上,他一边喝酒,一边哭,不断地喊着我父亲的名字:"大同啊,大同啊!"声音很凄惨,气氛更紧张。到了夜里,就听到南屋里传来有人弄水的声音,那里原来放着一只大水桶,是为救火准备的,平时谁也不会动它。后来有件事更奇怪。我二叔祖有一个孩子,我管他叫五叔。他的奶妈好好的忽然发起了疯癫,裹着被褥,从床上滚到地上,嘴里还不断念叨着:"东院的大少爷(指我父亲)说请少奶奶不要寻死。还说屋里柜子的抽屉里放着一个包,里边有一个扁簪和四块银圆。"

我母亲听了以后,就要回东院找,可别人都吓坏了,拦着我母亲,不让去。我母亲本来是想自杀的,连死都不怕,这时早就豁出去了,冲破大家的阻拦,找到奶妈说的地方,打开一看,果然有一个扁簪和四块银圆,跟着看的人都面面相觑,不知所措。其实出现这些怪现象必然有实际的原因,只不过那时大家的心里都被恐惧笼罩着,一有事就先往怪处想,自己吓唬自己,风声鹤唳、草木皆兵了,而这正是一个家族衰败的前兆。我从小就是在这种环境和气氛中成长的。

大概和这种心理与氛围有关,我三岁时家里就让我到雍和宫按严格的仪式磕头接受灌顶礼①,正式皈依了喇嘛教,从此我成了一个记名的小喇嘛(后来还接受过班禅大师的灌顶)。我皈依的师父叫白普仁,是热河人,他给我起的法号叫"察格多尔札布"("察格多尔"是一个佛的徽号,"札布"是保佑的意思)。喇嘛教是由莲华生②引入的藏传密教,所谓"密",当然属于不可宣布的神秘的宗派,后来宗喀巴又对它进行了改革,于是有红教、黄教之别:原有的称红教,改革后的称黄教。红教是入教一开始就可学密,而黄教要到六十岁以后才可学密。红教不禁止男女合和,这与西藏当地的原始宗教相合,黄教在这方面就比较严格了。我皈依的是黄教,

---

① 灌顶属于佛教的一种仪式,凡弟子入门或继承阿阇梨位,须先经师父用水或醍醐灌洒头顶。

② 莲华生,古印度佛教僧人,乌仗那(今巴基斯坦境内)人。公元8世纪中叶,被吐蕃赞普迎请入藏传播密教,建造桑耶寺,组织密教经论的翻译。后被藏传佛教宁玛派(红教)尊为祖师。

随师父学过很多经咒,至今我还能背下很多。

我记忆中师父的功德主要有两件:一是他多年坚持广结善缘,募集善款,在雍和宫前殿铸造了藏传黄教的祖师宗喀巴的铜像,这尊佛像至今还供奉在那里,供人朝拜;二是在雍和宫修了一个大悲道场,它是为超度亡魂、普度众生而设立的,要念七七四十九天的《大悲咒》,喇嘛、居士都可以参加,我当时还很小,也坐在后面跟着念,有些很长的咒我不会念,但很多短一点的咒我都能跟着念下来。一边念咒,一边还要炼药,这是为普济世人的。我师父先用笸箩把糌粑面摇成指头尖大小的糌粑球,再放在朱砂粉中继续摇,使它们挂上一层红皮,有如现在的糖衣,然后把它们用瓶子装起,分三层供奉起来,外面用伞盖盖上。这是黄教的方法,红教则是挂一层黑衣。那四十九天,我师父每天晚上就睡在设道场的大殿旁的一个过道里,一大早就准时去念咒,一部《大悲咒》不知要念多少遍。因为这些药都是在密咒中炼成的,所以自有它的"灵异"。那时我还小,有些现象还不知怎么解释,但确实是我亲自所见所闻:有一天,赶上下雪,我在洁白的雪上走,忽然看到雪地上有许多小红丸,这是谁撒的呢?有一位为道场管账的先生,一天在他的梅花盆里忽然发现一粒红药丸,就顺手捡起,放在碗里,继续写账,过一会儿,又在梅花盆里发现一粒,就这样,一上午发现了好几粒。等四十九天功德圆满后,刚揭开伞盖,一看,满地都是小红丸,大家都说别捡了,三天以后再说吧。那些地上的小红丸大家都分了一些,我也得了一些。

这些药自有它们的"法力"（药效），特别是对精神疾病和心理疾病。我小时候还听说过这样一件事：溥雪斋①那一房有一位叫载廉（音）的，他的二儿媳有一段时间神经有点儿不正常，疯疯癫癫的，他们就把我师父请来。师父拿一根白线，一头放在一碗水里，上面盖上一张纸；一头拈在自己手里，然后开始念咒。念完，揭开纸一看，水变黑了，让那位二儿媳喝下去，病居然就好了。

我道行不高，对于宗教的一些神秘现象不知该如何阐释，也不想卷入是不是伪科学的争论。反正这是我的一些亲眼、亲耳的见闻，至于怎样解释，我目前很难说得清，但我想总有它内在的道理。其实，我觉得这些现象再神秘，终究是宗教中表面性的小问题。而往大了说，对一个人，好的宗教可以陶冶人的情操修养，我从佛教和我师父那里，学到了人应该以慈悲为怀，悲天悯人，关切众生；以博爱为怀，与人为善，宽宏大度；以超脱为怀，面对现世，脱离苦难。记得我二十多岁时，曾祖母有病，让我到雍和宫找"喇嘛爷"求药。当时正是夜里，一个人去，本来会很害怕，但我看到一座座庄严的庙宇静静地矗立在月光之下，清风徐来，树影婆娑，不知怎的，忽然想起《西厢记》张生的两句唱词："梵王宫殿月轮高，碧琉璃瑞烟笼罩。"眼前的景色，周围的世界，确实如此，既庄严神秘，又温馨清爽，人间是值得赞美的，生活应加以珍惜。我心里不但一点儿不害怕，而且充满了禅悟后难以名状的愉悦感，这种感觉只会产生于对宗教的体验。

---

① 溥雪斋，即溥忻（1893—1966），号雪斋，道光皇帝第五子惇亲王奕誴孙，贝勒载瀛之子，著名书画家、古琴家，曾任辅仁大学美术系教授兼系主任。

遗事堪悲

我十二岁才入正规的小学，但这不等于说我十二岁才学文化。我的启蒙老师是我的姑姑和我的祖父。

我对姑姑非常尊敬，旗人家没出嫁的姑娘地位很高，而我姑姑又决心终身不嫁，帮助我的寡母抚养我，把自己看成支持这个家的顶梁柱、男人，所以我一直管她叫爹爹。作为家长，她明白，要改变我和我家的窘状，首先要抓对我的教育和培养，使我学有所成。我姑姑虽然没有太高的文化，但还是想尽一切办法，尽力教我一些简单的知识，比如把常用字都写在方寸大的纸片上，一个个地教我读写，有如现在的字卡教学，虽然不十分准确，但常用字总算都学会了。

我的祖父特别疼爱我，他管我叫"壬哥"。我从小失去父亲，所以他对我的教育格外用心。我祖父的字写得很好，他又把常用字用漂亮标准的楷书写在影格上，风格属于欧阳询的九成宫体，我把大字本蒙在上面，一遍一遍地描摹，打下了日后学习书法的基础。这些字样我现在还留着。他还教我念诗。至今我还清楚地记得他用一只手把我搂在膝上，另一只手在桌上轻轻地打着节拍，摇头晃脑地教我吟诵东坡《游金山寺》诗的情景：

> 我家江水初发源，宦游直送江入海。
> 闻道潮头一丈高，天寒尚有沙痕在。
> 中泠南畔石盘陀，古来出没随涛波。
> …………
> 江山如此不归山，江神见怪惊我顽。
> 我谢江神岂得已，有田不归如江水。

他完全沉醉其中，我也如此，倒不是优美的文辞使我沉醉，因为我那时还小，并不理解其中的含义，我祖父也不给我逐句逐字地解释，但那抑扬顿挫的音节征服了我，我像是在听一段最美丽、最动人的音乐一样，这使我对诗产生了浓厚的兴趣。如果说我日后在诗词创作上取得了一定成绩，那么，可以说是诗词的优美韵律率先引领我走进了这座圣殿。当然随着学历与阅历的增加，我对这样的诗也都有了深刻的理解，所以这些诗我至今仍能倒背如流。祖父所选的诗有时显然带有更深的寓意。我记得他教我读过苏轼的《朱寿昌郎中少不知母所在刺血写经求之五十年去岁得之蜀中以诗贺之》：

> 嗟君七岁知念母，怜君壮大心愈苦。

美君临老得相逢，喜极无言泪如雨。

不羡白衣作三公，不爱白日升青天。

爱君五十著彩服，儿啼却得偿当年。

…………

  这首诗后面还有很多典故，前面的这些描写与我的具体情况也不尽相合，但祖父的用心是非常明显的，我也是十分清楚的，就是让我从小知道当母亲的不易，应该一直热爱母亲。这样的诗，我怎敢不终身牢记呢？

  还有对我产生深刻影响的，就是他经常让我看他画画。我至今还清楚地记得当时的情景和感触：他随便找一张纸或一个小扇面，不用什么特意的构思安排，更不用打底稿，随便地信手点染，这里几笔，那里几笔，不一会儿就画好一幅山水或一幅松竹。每到这时，我总睁大眼睛，呆呆地在一旁观看，那惊讶、羡慕的神情，就像所有的小孩子看魔术表演一样，吃惊那大活人是怎么变出来的。在我幼小的心灵里，我觉得这是一种最令人神往、最神秘的本领。因此从小我就萌发要当一个画家的想法。我想，能培养人的兴趣、激活人的潜质、激励人的志向的教育才是最成功的教育。我虽然没有直接跟我祖父学得绘画的技巧和笔法，但我学到了最重要的一点——爱好的发现和兴趣的培养，这是最重要的，这就足够了。

  除了接受家庭教育之外，上小学之前，我也读过旧式私塾。先在后胡同一亲戚家的私塾里跟着读，后来又跟着六叔祖搬到土儿胡同，对面是肃宁府，那里也设过私塾，我在那儿也读过。当时那里有一个教"四书""五经"的，一个教英语的，也称得上是中西合璧了。但我们家属于旧派，不能跟着念外语、学洋学。进私塾先拜"大成至圣先师孔子之位"，还要拜主管文运的魁星。一般的教学过程是先检查前一天让背的内容，背下来的就布置点儿新内容接着背，没背下来的要挨打，一般打得都不重，有的不用板子，就用书，打了之后接着背，直到背会为止。小孩子的注意力不能长时间集中，背着背着就走神发愣，或说笑玩耍起来，这时老师就会大声地斥责道："接着念！"那时，我属于年龄最小的，只好从《百家姓》读起，比我年龄大的就可以读"四书""五经"了。有时，我看他们背得挺热闹，便模仿着跟他们一起背，但又不知道词儿，就"呜噜呜噜"地瞎哼哼。这时，老师就过来拿书朝我的头上轻轻地打一下，训斥道："你背的这是什么啊？净跟着瞎起哄！"诸如此类的淘气事，我也没少干过。不过，有的老师也懂得"教学法"。我有两个叔叔，一个用功，背得很好，净得老师夸奖；一个不用功，背不下来，净挨罚。老师就指着老挨罚的叔叔对我说："你看，像他那样不用功，怎么背得下来？就得挨罚！"这种现身说法，有时还真对我有些激励作用，但日久天长也就失效了。

我十岁那年，是家中生活最困难的时候。大年三十夜，我的曾祖父去世，按虚岁，刚进七十。本应停灵二十一天，但到第十八天头上，我那位吃错药的二叔祖也死了（见前），结果只停了三天，就和我曾祖一起出殡了，俗称"接三"。而在我曾祖死后的第五天，即大年初四，他的一位兄弟媳妇也过世了。三月初三，我续弦的祖母又死去。七月初七我祖父也病故。不到一年，我家连续死了五个人，而且都是各人因各自的病而死的，并非赶上什么瘟疫，实在是有些奇怪，要说凑巧，也不能这么巧啊！如果说十年前，父亲的死揭开了我家急速衰败的序幕，那么这一年就是我家急速衰败的高潮。我真正体会到了什么叫"呼啦啦如大厦倾"，什么叫"家败如山倒"，什么叫"一发而不可收拾"。我们不得不变卖家产——房子、字画，用来发丧、偿还债务，那时我家已没有什么特别值钱的东西了，我记得卖钱最多的是一部局版的《二十四史》。十年前我父亲死，我是孝子，现在曾祖死，我是"齐衰①五月曾孙"，即穿五个月的齐衰丧服——一种齐边孝服。祖父、祖母死，我是独长孙，在发丧的时候，我都要做丧主、"承重孙"②，因此我在主持丧事方面有丰富的经验。但这对于一个十岁的孩子精神上的负担和打击也太过于沉重了！

凡没落的封建大家庭有一个通病——老家儿死后，子孙都要变着法儿地闹着分财产。我家虽已是山穷水尽了，但也不能免此一难。

---

① 齐衰（zī cuī），衰通"缞"，旧时丧服名，"五服"之中位于第二。丧服用粗麻布制成，缉边，故称"齐衰"。

② 正常人亡故，丧事应由其嫡长子主持操办，若嫡长子先亡，则由嫡长子的嫡长子（嫡长孙）操办，被称为承重孙，意思是承担主丧的重任。

发难的是我的六叔祖，他的为人实在不敢恭维，我曾祖活着的时候常骂他"没来由"①。他找上门来，兴师问罪，对我祖父说："父亲死后，母亲（续弦的）把家中值钱的东西都变卖了，钱都归了你们大房，这不行。"我祖父气坏了，向他连解释带保证，说："母亲什么东西也没给我们留下，我也从来不问她财产的事，更不用说私下给我们钱了。"我六叔祖还不依不饶，指着祖父屋里墙上挂的一张画说："这张画不就是值钱的古玩字画吗？"这可真应了我曾祖的那句话："没来由。"这张画挂在那儿不止一两年了，又不是现在才分来的。再说，大家都知道它是一张仿钱谷②的赝品，而且赝得没边儿。我祖父气愤地向他嚷道："你要是觉得它值钱，你就拿走好了！"我六叔祖还真的让跟着来的手下人蹬桌子上板凳地给摘走了。画被摘走后，就剩下我祖父和我六叔祖两个人，我祖父气得直哆嗦，指着他发誓道："我告诉你，你就有一个儿子，我就有一个孙子。如果我真的私吞了财产，就让我的孙子长不大；如果我没私吞财产，你就是亏心，你的儿子也不得好死！"在那个时代，亲兄弟俩，特别是每家只有一个独苗时，设下如此恶咒，真是豁出去了，不是争吵到极点，绝不会发出这样的毒誓。后来，我祖父就因此气得一病不起，七个月后也故去了。这七个月里，他动不动就哆嗦，这显然是和我六叔祖争吵后落下的病根。他死在安定门内的方家胡同。临死前，还特意

---

① 出自北宋庄绰（字季裕）的《鸡肋编》卷下，意思是无缘无故，没有原因。
② 钱谷，明代画家。字叔宝，号罄室。文徵明弟子，擅长山水、兰竹。

把我叫到床前叮嘱了两件事：一件就是告诉我如何跟我六叔祖吵架打赌，意在勉励我以后要自珍自重，好自为之；另一件就是叮嘱我"绝不许姓金，你要是姓了金就不是我的孙子"。我都含泪一一记下了。

不到一年陆续死了这么多人，对我打击最大、最直接的是祖父的死。我父亲的死，使我母亲和我失去了最直接的指望，但好在还有我祖父这层依靠，他冲着自己唯一的亲孙子，也不能不照管我们孤儿寡母。现在这层依靠又断了，而且整个家族确实到了山穷水尽的地步。我们生活的最基本保证——吃饭和穿衣都成了问题。也许真的是天无绝人之路吧，这时出现的真情一幕让我终生难忘。

原来，我祖父在做四川学政时，有两位学生，一位叫邵从恩[①]，一位叫唐淮源[②]，都是四川人。他们知道我家的窘况后，就把对老师的感激，报答在对他遗孤的抚养上。他们带头捐钱，并向我祖父的其他门生发起了募捐，那募捐词上的两句话至今让我心酸，它也必定打动了捐款人："孀媳弱女，同抚孤孙。"（孀媳是指我的母亲，弱女是指那没出嫁、发誓帮助我母亲抚养我的姑姑）结果共募集到了 2000 元。邵老伯和唐老伯用这 2000 元买了七年的长期公债，每月可得 30 元的利息，大体够我们一家三口的基本花销了。而邵老伯

[①] 即邵从恩（1871—1949），字明叔，四川眉山人。历任法部主事、四川法政大学堂（四川大学前身）首届监督（校长）、川南宣慰使、国民参议员、民主宪政促进会主席等，被誉为"和平老人"。

[②] 唐淮源（1870—1951），字子泰，四川乐山人。光绪壬寅科举人，任河南新乡知县。1926 年迁居北平，1937 年抗战全面爆发后回乐山。工诗文、书法。

和唐老伯就成了我们的监护人。我祖父死后，家族里的人，觉得家里没个男人，单过有困难，便让我们搬到我六叔祖那里，我们虽然不喜欢他，但也不好回绝族里的好意，便搬过去单过。邵老伯和唐老伯也不把公债交给我六叔祖，一开始每月还带着我六叔祖和我一起去取利息，表明他们秉公从事，只起监护作用，后来就只带我一个人去。我从十一岁到十八岁的生活来源以至学费靠的就是这笔款项了。邵、唐二位老伯不但保证了我们的经济来源，而且对我的学业也十分关心。邵老伯让我每星期都要带上作业到他家去一趟，当面检查一遍，还不时地提出要求和鼓励。有时我贪玩，忘了去，他就亲自跑上门来检查。我本来就知道上学的机会来之不易，再加上如此严格的要求，岂敢不努力学习。唐老伯那时经常到中山公园的"行健会"①跟杨派太极拳的传人杨澄甫练习太极拳，我有时也去，唐老伯见到我总关切地询问我的学业有什么进步。有一次，我把自己刚作的、写在一个扇面上的四首七律之一呈给他，诗题为《社课咏春柳四首拟渔洋秋柳之作》：

如丝如线最关情，斑马萧萧梦里惊。
正是春光归玉塞，那堪遗事感金城。

---

① 即北平行健会，北京最早的民间体育运动组织，由朱启铃于1915年创建。运动项目有网球、台球、投壶、射箭、武术、棋类、排球、篮球、乒乓球、羽毛球等，会众一度达到数百人。

风前百尺添新恨，雨后三眠嬎宿醒。

凄绝今番回舞袖，上林久见草痕生。

这首诗写得很规整，颇有些伤感的味道，不料，唐老伯看到我的诗有了进步，竟感动得哭了，一边哭一边说："孙世兄（这是他对我客气的称呼）啊，没想到你小小的年纪就能写出这样有感情的好诗，你祖父的在天之灵也会高兴的。不过，你不要太伤感了，你要保重啊！"听了他的一番话，我也感动得潸然泪下，那情景今天还历历在目。这激励我要更好地学习以报答他们。邵老伯和张澜是同乡，他学佛、信佛，主张和平，有点儿书呆子气，后来也成为一位著名的民主人士。为和平建国之事，他曾和蒋介石发生过激烈的争吵，气得蒋介石直拍桌子，说他是为共产党说话。为此，他又气又急又怕，不久就病死了。他有两个儿子，一个叫邵一诚，一个叫邵一桐，现在都在成都工作。邵一桐也笃信佛教，自己印过《金刚经》，还给我寄过两本。而唐老伯的结局很悲惨，解放战争时竟在四川失踪了，不知是死于战乱，还是死于其他原因。成为美谈的是，邵一桐后来和唐老伯的女儿（当时大家都管她叫唐小妹）结为夫妻，生有两个孩子，其中邵宁住在北京，他秉承了祖父、父亲的信仰，对佛学也有很深的修养。我还在某年的春节去看望过他们。后来我听说邵一诚先生得了病，便两次特别嘱托四川来的朋友给他捎去一些钱表示慰问。

夏老愛貓成癖不減杜征南之於左傳偶見以失人此本因賠之以助守書藏並乞教正一九八三年新春启功識於師範大學校舍之浮光掠彩樓

贰

流水今世。
我从不温习烦恼

启功简明年谱（二）

1932年（壬申）21岁与章宝琛完婚

1933年（癸酉）22岁入辅仁大学教书，并受教于陈垣

1946年（丙戌）35岁任故宫博物院专门委员

1949年（己丑）38岁任辅仁大学国文系副教授

1952年（壬辰）41岁任北师大中文系副教授，加入九三学社

1956年（丙申）45岁升任北师大教授，参加中国画院筹备工作

1957年（丁酉）46岁参加故宫博物院回收文物鉴定工作，母、姑相继去世

1958年（戊戌）47岁被补划为「右派」，撤销教授职称

⊙ 启功与妻子（左一）、母亲（右二）、姑姑（右一）合影

贰 流水今世。我从不温习烦恼

我从不温习烦恼。

人的一生，分为过去、现在、将来。过去的已经过去了，现在很短暂，很快也会过去，只有将来是有希望的。

"上大学"

提起上大学，无疑都是指到大学读书，以至毕业取得学位。我这里所说的"上大学"则是双关语，含义是在大学里做工作，学到怎样教学、怎样治学，尤其重要的是怎样去思考学术上的问题。

我一周岁时失去父亲，十周岁时失去祖父，不到三十岁的寡母和一位没出嫁的姑姑抚养我这个孤儿。我的曾祖和祖父都是科举考试出身的，生平所做的官，绝大多数是主考、学政之类，因而并无财产遗留。我们母子的生活，只靠祖父的"门生"，特别是邵明叔、唐子秦两位先生为之募集经营，邵老伯还每一二周要看我的作业。如果一个月没去呈教，他老先生就自己到我家来了。唐老伯有一次看我作的诗，意兴衰飒，竟流下眼泪，加以教导。

我小学毕业考上了中学，这时已从贾羲民先生学画，从戴绥之先生读书，学"古文辞"之学。由于对算术、外语不用功，没兴趣，终至不及格，也无法再往下念了。生活用费是不等待人的，我原无"大志"，只想做个小职员，能够奉养母亲、姑姑，也就过得去了。

原指望求一位企业家的老世交为我安置一个小位置而终不可得。

老世交傅沅叔先生把我介绍给恩师陈援庵先生。特别要说明，这个"恩"字，不是普通恩惠之恩，而是再造我的思想、知识的恩谊之恩！陈老师把我派在辅仁大学附属中学，教初中一年级的"国文"。我很满足了，总算有了一个职业，还可有暇念书学画，结果中学负责人说我没有大学文凭，就来教中学，不合格，终被停止续聘了。陈老师又把我调到辅仁大学美术系做助教，但还是在那位中学负责人统治之下，于是托故把我又刷了。陈老师最后派我教大学一年级的"普通国文"，这课是陈老师自己带头并掌握全部课程的，老师自己选课文，自己随时召集这门课的教员指示教法，自己也教一班来示范。这项工作，延续好多年。我们这些"普通国文"班底中所有的教员，无论还教其他什么专门课程，而这门"普通国文"课，总是"必教课"，事实上也是我们的"必修课"。因为教这门课，就必须随时和老师见面，所指示的，并不总是课内的问题，上下纵横，无所不谈。从一篇文章的讲法，常常引到文派学派的问题上，从一个字句的改法，也会引到文章的作法、文格的新旧问题。遇到一个可研究的问题，老师总是从多方面启发我们的兴趣，引导我们写文章。如果我有了篇文章的草稿了，老师的喜悦表情，总是使我如同得了什么奖品一样。但过不了两天，"发落"这篇"作业"时，就不好受了，一个字眼的不合逻辑，一个意思雷同而表面两样的句子，常被严格挑出来，问得我哑口无言。哑口无言还不算，常常被问要怎么改。哎呀！我如果知道怎么改，岂不早就不那么写了吗？吃瘪之后，老师慢慢说出应该怎么改。这样耳提面命的基本训练，哪个大学里、哪个课程中、哪位教授的班上能够得到呢？试问我教书以来，对我教的学生，是否也这样费过心力呢？想起来，真如芒刺在背，不配算这位伟大教育家的门徒！如果我的一篇文章发表了，老师每每会提醒旁人去看；如果有人夸奖几句，其实很明显是夸奖给老师听的，那时老师的得意笑容，我至今都可以蘸着眼泪画出来！

中华人民共和国成立后，凡我参加什么书的编写，写了什么学术的讨论文章，领导以为可鼓励处，都向老师去说。老师都向人表示"理所当然"似的说："本来嘛，他……（的好）"这些事和话，老师从来不告诉我，是我从旁人那里得知的。有一次针对一项有争论的学术问题，我勉强仓促地写了文章，幸而合格。领导去向老师夸奖，老师虽仍然表示了"理所当然"似的态度，但这次并未事先见到原稿，事后把我叫去说："以后你们写文章，务必先给我看！"这时已是"浩劫"的前夕，老师已然有病了。对一个学生每走一步，还要如此关心。我还想，我的工作、文章，人家为什么都向老师去说？不言而喻，老师平日揄扬的深广，岂不可想、可知、可见了吗！

另外有一个重要的场合是辅仁大学的教员休息室。当时一个大学的总人数，还不及今天一个系的人那么多。各系的教师，上课前、下课后都必到这里来。几位老学者，更是经常到这个休息室来。以文史这方面的先生说，有沈兼士先生、余嘉锡先生、于省吾先生、容庚先生、唐兰先生、郭家声先生、张效彬先生、戴君仁先生、缪金源先生等,有专任的也有兼课的。陈老师虽有校长办公室,但仍然经常到这里来。这间大屋子里的学术氛围总是十分浓郁的。抗战时,大家的讨论无不慷慨激昂,敌人反动高压加强后,这个屋中还潜流着天地正气。

这个屋子并不是"俱乐部",而是个大讲堂,可以说,这里边有任何讲堂中学不到的东西。对当时社会上、学术中变节事敌的人的批评自不待言,学术上有某人的一篇文章在报纸、杂志上刊出,一本著作以至什么书籍的出版,都可以听到很重要的评论。那些评论,哪怕片语只字,往往有深重的意义。我们"顺藤摸瓜",回去自己再找那文、那书来看,真收获"问一得三"之益,实际上是"听一得三"的。

关于古书版本,哪家注释好,哪本错字多,哪家诗文如何,哪种"名著""不值一看"。哪个字怎么讲、怎么写,是"木"旁还是"手"旁。诸如此类,从大到小,小到偏旁点画的问题,都会使我有"虚往实归"之感。

一首诗、一张字,常见老先生们自己拿着图钉按在墙上展览,一件小古董、一张拓片、一本书,也常有人拿来共赏。摩尔根一本论古代社会的书,有人新译成中文,几位老先生互相传观赞叹。值得注意的是,这些老先生特别是陈、沈、余几位都是纯读古书的,他们未曾接触西洋文化,即使接触过一些,也是间接的或科技的常识。但他们此时是如此虚心，能立刻联想到治中国古史的种种问题。中华人民共和国成立初期，陈老师拿了许多马列主义的通俗宣传小册子，手持放大镜，没日没夜地看，结果病倒了，直到护士把小册子给收起来，陈老师才去休息。这样如饥似渴地接受新鲜事物，在学术上无成见，不怕人说"你连摩尔根的书都没瞧过？"我觉得如果有说这样话的人，他才是真没知识。

沈先生是文字音韵学的大家，一次有人问某一个字究竟应念什么音，先生说："大家怎么念，就念什么。"我刚听时，不觉一愕。问者正是要得到最标准、最"正"的读音，怎么这位大权威却说出这种答案？后来逐渐懂了，语音本来客观上就是各不相同的，陆法言"我辈数人定则定矣"的话，说明了多么大的问题。沈先生这句话是陆法言的一个"转语"（借用禅宗的术语）。一千几百年来，古今音韵学中，前后有这两句话，就都包括进去了。一位学者之通、之大，就在这里！"定"有功于语音统一；音从大众，实际音是来自大众，这句话是如何的尊重事实，是如何的透彻古今！

沈先生最重要的学术主张，是声训、意符。我不曾深入学过文字声韵之学，但每每听到先生的议论，总使我懂得学问不是死的。后来我每逢和人谈到我对许多问题的理解时，常用一个比喻说，盘子不是永远向上盛东西的，立起来也可当小车轮子用。"学"与"思"相辅相成，体味诸老辈的言行，从中可以增加无穷的智力。

沈先生平生最慕朱筠，提拔寒峻，乐道后学之长，甚至于不避夸张。具体事例，这里来不及多举了。当时我这个学无一长的青年，也在先生揄扬、提拔、鼓励、鞭策之中成长，先生向旁人说到我时，语气总是那样肯定。我去年得到一副朱笥河先生的亲笔对联，每挂在墙上，必心酸一次。

我还曾"亲炙"余嘉锡先生。先生的学问深邃，人所共仰。而人品的方严，取予之不苟，若非亲受过教诲的人，是不易知道的。先生学问之博，用力之勤，治学态度的严谨，恐怕现在说给后学听，可能并不会相信。先生平生用力最大的是《四库提要辨证》，繁征博引，目的是"归于一是"。他的底稿都是自己用极其工整的小楷写成的，极少涂抹。可见起草过程也就是构思过程，也是誊清过程。我没有资格仰赞先生学问的涯涘，我只举一点体会。我们试翻一条提要辨证，即使不是专为看对某一古书的结论，只看这篇考辨过程，所得的收获，除对这一古书的结论外，还会知道许多怎样探索、怎样分析判断的方法。一段段地引，一段段地阐述，好像很"笨"地专跟提要"过不去"，事实上，这时提要已成了先生学术总体的一个货架，而这架子却没有档格，互相流通。从这里认识到先生对古书、古学说，都在极扎实的根据上，驳倒前人那些率尔做出的误说。受到最深刻的教导，是懂得对古人的成说，不可盲从，不可轻信。

先生病重时，我去看望，那时他已经患了中风，说话不太利落。见面后，他从抽屉中拿出一些新写的提要辨证条目，字迹虽然颤抖，但依然没有涂抹。虽不能知这几页是不是最后的绝笔，但我知道这时离先生逝世并不太远。我觉得应该把这些页遗墨珍重地影印出来，教后学懂得什么是"死而后已"！

我二十一岁初出茅庐时的第一个朋友是牟润孙先生，接着认识台静农、储皖峰、赵荫棠诸先生，都是在辅仁大学附属中学教书的时候。后来又认识了余逊、柴德赓几位先生。我比他们都年小，比台小十岁，比柴小四岁。周祖谟先生来了，才有比我小两岁的。这些朋友对我的"益"，又常有诸师长所起不到的作用。因为首先可以没有礼法可拘。我向他们任何人请教什么问题，绝没有吞吞吐吐考虑成熟才说的必要，都是单刀直入；他们的答案，有时是夹杂着开玩笑而说出的。这样声入心通，有哪个课堂上所讲的东西能够相比呢？

现在牟润孙先生在香港，前几年他初次来京，我们相对痛哭，后来虽有较多见面的机会，但终究是难共晨夕的。台静农先生远在台北，今年已经八十四岁了。周祖谟先生虽在北京，但远隔重闉，我又牵于俗冗，见面也是很少的。

我近年常有最刺心的事，就是学术上每有疑问，或遇小小心得，总感到无处请益。有时刊出了一篇拙稿，印成了一本小册，明知是极不成熟的，但想到热切期望我有所成就的，坚定预言我可以有所造就的恩师们已看不见了。古人对亡亲"焚黄祭告"的心理是何等痛苦，就不难明白了。

辅仁大学校友会要出一本书，让我写一篇我的经历和回忆。现在仓促写了这篇，姑且标题为《上大学》。这个题目，开始处已略交代，这里再补充几句：我上这个大学，没有年限，没有文凭。但也可以说有的，这张文凭，奇怪的是我自己用笔写出来的。

如要开列职务经历，真贫乏得很了，即附中教员、大学助教、大学普通课教员、讲师、副教授。中华人民共和国成立后院系调整，辅仁与北师大并为新师大，我于一九五六年被评选为教授，次年取消，一九七六年以后重定为教授。

回忆这五十多年，我总是在"失"中获"得"，使我"得"的固然有恩，使我"失"的实起了促进、激励作用，其恩亦何可泯！陈老师去世后，我曾私撰一副挽联，那时"浩劫"未完，不敢写出。后来在一篇纪念老师的文章题为《夫子循循然善诱人》中录出过，现在重写在这里：

依函丈卅九年，信有师生同父子；
刊习作二三册，痛余文字答陶甄。

记我的几位恩师

我在十岁以前，受家塾的教育，看到祖父案边墙上挂着一大幅山水画，是先叔祖画的，又常见祖父拿过我的手头小扇，画上竹石花卉，几笔而成，感觉非常奇妙。我从此就有"做一个画家"的愿望。十五岁时经一位长亲带领，拜贾羲民先生为师学画。贾先生一家都是老塾师，贾先生也做过北洋政府时期的部曹小官，但博通书史，对于书画鉴赏也极有素养。论作画的技术，虽不甚精，但见解却具有非常的卓识。贾先生常带着我去故宫博物院看陈列的古书画，有时和些朋友随看随加评论，我懂得的一些鉴定知识，实受贾老师的启迪教诲。

我想进一步多学些画法技巧，先生看出我的意向，就把我介绍给吴镜汀先生。吴先生那时专学王石谷，贾先生则一向反对王石谷画法那样琐碎刻露的风格，而二位先生的交谊却非常融洽。吴先生教画法，极为耐心，如果我们求教的人画了一幅有进步的作品，先生总是喜形于色地说："这回是真塌下心去画出的啊！"先生教人，绝不笼统空谈，而是专门把至关重要的窍门提出，使学生不但听了顿悟，而且一定行之有效。先生如说到某家某派的画法，随手表演一下，无不确切地表现出那一家、那一派的特点。我自悔恨的是先生盛年时精力过人，所画长卷巨幛，胜境不穷，但我只临习一鳞半爪，是由于不能勤恳；后来迫于工作的性质不同，教书要求"专业思想"，无力兼顾学画，青年时所学的，也半途而废。

我在高中读书时，因基础不好，许多功课常不及格，因而厌倦学校所学，恰好一家老世交介绍我从戴绥之先生攻读经、史、文学，我大感兴趣，这中间的原因，是多方面的，这里不及详细解剖，只说我遇到戴先生，真可说顿开茅塞。那时我在十八岁左右，先生说："你已这么大年纪，不易再从头诵读基本的经书了，只好用这个途径。"什么办法呢？即拿没标点的木版古书，先从唐宋古文读起，自己点句。每天留的作业，厚厚的一沓，灯下点读，理解上既吃力，分量上又沉重。我又常想："这些句没经老师讲授，我怎能懂呢？"老师看我的点句，顺文念去，点错的地方才加以解释，这样"追赶"式地读了一部《古文辞类纂》，又读《文选》①，返回来读"五经"。至今对当时那种似懂非懂的味道，还有深刻的印象。但从此懂得了几个道理：

---

① 即《昭明文选》，南朝梁昭明太子萧统主持编选的一部诗文总集。

不懂的向哪里查；加读一遍有深一步的理解；先跑过几条街道，再逐门去认店铺，也就是先了解概貌，再逐步求细节。此后又买了一部《二十二子》，选读了《老子》《列子》《庄子》《韩非子》《吕氏春秋》《淮南子》等，老师最不喜《墨子》，只让我看《墨子·备城门》诸篇，实在难懂，也就罢了。老师喜《说文解字》、地理、音韵诸学，给我们选常用字若干，逐字讲它们在"六书"中的性质和原理，真使我如获至宝。但至今还只有常识阶段的知识，并未深入研究。先生的地理、音韵之学，我根本没提出请教。先生谆谆嘱咐要常翻《四库简明目录》，又教我们以《历代帝王年表》为纲领，来了解古代历史的概貌，再逐事件去看《资治通鉴》。这粗略的回忆，可以得知戴老师是如何教一个青年掌握这方面知识的有效办法。先生还出题令学作文，常教我们在行文上要先能"连"。听老师讲解连的道理，用现在的话说，就是要求语言的逻辑性；其次要求我们懂得"搭架子"，也就是文章要有主题、有层次。旁及作诗填词，只要拿出习作，老师无不给予修改。

回忆自我二十二岁到中学教书以来直到今日，中间也卖过画（那只是"副业"），主要都在教古典文学，从一个字到一首诗、一篇文，哪个又不是从戴老师栽培的土壤中生出的幼芽呢？我这小小的一间房屋基础，哪一筐土又不是经过戴老师用夯夯过的呢？

最后一位恩师是陈援庵先生，自从见到陈先生，我才懂得，知识的面有那么宽，学问的流派、门径，有那么多，初次看到学术界的"世面"是那么广。恩师对我的爱护，也就是许多老学者大都具有的一种高度的热情和期望，是多么至深且厚！陈老师千古了，许多细节中可见大节处，这里不及详写。也有只有老师知，我心知，而文字形容难尽的，我这拙笔又怎能表达出来呢？我作过一篇《夫子循循然善诱人》，写过陈老师的几个侧面和我的仰止之私。这里的篇幅，也容不下再作重述了。

辅仁大学逸事

我能进辅仁大学,并一直工作到现在,还要从邵老伯和唐老伯说起。我十一岁时,他们帮助我家募集了 2000 元的七年公债,每月可得 30 元的利息,到十八岁,这笔公债已用完了。那时我刚中学肄业,还没找到工作,只能靠临时教些家馆,维持生计,偶尔卖出一两张画,再贴补一些。邵、唐二位老伯对我真叫负责到底、仁至义尽、善始善终,他们认为最稳妥的长久之计是为我谋一份固定的工作,于是在我二十一岁时,找到四川同乡傅增湘[①]先生帮忙,他慨然应允。

傅老先生是我曾祖的门生,他在参加殿试时,我曾祖是阅卷官之一,在他的卷子上画过圈。傅老先生在当时是著名的社会名流和学者,对辅仁大学有开创之功。傅老先生与时任辅仁大学校长的陈垣先生交谊笃厚。他任教育部总长时,陈校长任教育部次长,他下野后,陈校长接任他做护理部务,掌管大印,相当于代理总长,后

---

① 傅增湘(1872—1949),教育家、藏书家、校勘学家。字沅叔,号润元,四川泸州江安人。担任过北洋政府教育部总长、故宫博物院图书馆馆长等职。

来辞去政务，应英敛之①之请，专职任辅仁大学校长。二人之间可谓长期共事，于是傅老先生决定为我的事去找陈老校长。而老校长从此成为我终生的大恩师。

陈校长名垣，字援庵，生于清光绪六年（1880年），广东新会人。幼年受私塾教育，熟读经书，但他自称"余少不喜八股，而好泛览"（《陈垣来往书信集》），研读了大量的子书和史书②，接受了很多实用之学。

辅仁大学创办于1925年，它的创办与我的满族老前辈英华先生的努力分不开。英华先生姓赫舍里氏，字敛之，号万松野人。他是一位虔诚的天主教徒，学识渊博，曾主办《大公报》，又办温泉中学，该校旧址门外南面山上所刻"水流云在"四个大字即是他的手笔。西方学者利玛窦③、汤若望④、南怀仁⑤曾在明朝、清初先后来到中

---

① 英敛之（1866—1926），天主教学者、教育家。满洲正红旗，原名英华。1902年在天津创办《大公报》，民国时期曾创立"辅仁社"和"公教大学"（辅仁大学），任第一任校长。

② 经、史、子、集是古代图书四部分类，子书有《老子》《墨子》《荀子》《韩非子》等，史书指专门记载历史的书籍。

③ 利玛窦（1552—1610），天主教耶稣会传教士，字西泰，意大利人。明万历十年（1582年）被派遣来中国传教，主张将孔孟之道与天主教相融合，曾向中国介绍过西方的自然科学知识。

④ 汤若望（1591—1666），天主教耶稣会传教士，字道未，德国人。明万历四十八年（1620年）抵达中国澳门，先后往西安、北京等地传教。曾为明廷监铸大炮，任清廷钦天监监正。

⑤ 南怀仁（1623—1688），天主教耶稣会传教士，字敦伯，一字勋卿，比利时人。清顺治十六年（1659年）到中国陕西传教，次年到北京，参与修订历法。曾掌钦天监，负责制造天文仪器，并任太常寺卿、通奉大夫。他在传教的同时也将西方科学知识传到了中国。

国传播西方科学文化,但西方传教士对中国的文化教育始终没有产生广泛的影响。20世纪初,列强开始用"庚子赔款"在中国兴办教育,西方教会也在中国兴起办学之风。在这种背景下,英老先生写信给罗马教宗,请求派专门人才来中国创办学校。最初由英老先生联合同人办了一个学术团体叫"辅仁社",后来罗马派来一个天主教的分会办起辅仁大学。

陈垣先生家世是基督教信徒(路德派①),本人又是历史学家,特别是宗教史专家。他在做国会议员和教育部次长时,曾以自己搜罗的元代"也里可温"(天主教)的历史记载向英老先生求教,英老先生即高兴地把自己收集的材料补充给他,于是二人结下友谊。等辅仁大学建校后,英老先生即延聘陈垣先生任校长。当时很多天主教同道不赞成聘任不同教派的人任校长,但英老先生不是拘泥教派成见的人,他深信陈垣先生的人品学问,力排众议,坚持己见,正式聘请陈垣先生任辅仁大学的校长,从此辅仁大学成了学术的大学,而不是教派的大学。陈垣先生任辅仁大学校长后,曾延聘多位学者到校任教。他看重的是真本领、真水平,而不拘泥哪个党派属性、哪个大学出身、哪个宗教信仰。物理、化学多请西方专家,文学院请沈兼士任院长,国文系请尹石公先生任主任,接替他的是余嘉锡先生,历史系请张星烺先生任主任,教授有刘复、郭家声、朱师辙、

---

① 马丁·路德(1483—1546),欧洲宗教改革家、基督教新教路德宗的创立者。路德派尊崇马丁·路德的思想,主张"因信称义",也叫信义宗。

于省吾、唐兰等先生,可谓人才济济,使得后起的辅仁大学顿时与避寇西南的西南联大南北齐名。得益于是教会学校,尤其是董事会的权力实际上由德国人把持,所以在北平沦陷时期辅仁大学处于一种极特殊的地位:由于日本与德国是同盟的轴心国,所以日本侵略者不敢接管或干涉辅仁大学的校务,只派一名驻校代表细井次郎"监察校务",而这位日本代表又很识相,索性不闻不问,听之任之,并没给学校带来什么更多的麻烦。为此日本投降后,陈校长还友好地为他送行,真称得上是礼尚往来,"人不犯我,我不犯人"了。因此,在沦陷时期,辅仁大学扮演了一个特殊的角色:那些想留在北京继续工作,又不愿从事伪职的学者;那些在北京继续学习,又不愿当亡国奴的青年,便纷纷投向辅仁大学,使它的力量陡然增加,在社会上的影响也日益扩大。我就是在这种背景下进入辅仁大学的,我有一首《金台》诗就是咏这种情景的:

金台闲客漫扶藜,岁岁莺花费品题。
故苑人稀红寂寞,平芜春晚绿凄迷。
觚棱委地鸦空噪,华表干云鹤不栖。
最爱李公桥畔路,黄尘未到凤城西。

"金台"即北京,因北京八景有"金台夕照"一说。"故苑"二句即咏沦陷区景色之凋零,"觚棱"二句是写沦陷区"人气"之衰微。

"李公桥"即李广桥，辅仁大学所在地，"黄尘未到"就是指日寇的势力还不能笼罩辅仁大学之上。

我能从黄尘压抑的敌伪机关来到这黄尘未到的清净之地，心里自然有一种解放的，甚至扬眉吐气的感觉，心情特别好。我这个人本来就非常淘气，也时常犯点儿坏，心情一愉快，便时常针对时局和学校的一些事编些顺口溜，如当时在一般情况下两个银圆可以买一袋白面，但和股票似的，时涨时落，学校管财务、收学费的就要算计，到底收银圆好，还是收白面好呢？我就作顺口溜道：

> 银圆涨，要银圆，银圆落，要白面。
> 买俩卖俩来回算，算来算去都不赚。
> 算得会计花了眼，算得学生吃不上饭。
> 抛出唯恐赔了钱，砸在手里更难办。

当时的校医由生物系的主任张汉民兼任，他做生物系教授挺高明，但做医生却不太高明，动不动就给人开消治龙（一种消炎药），要不就是打防疫针，总是这两样，好像《好兵帅克》①里的那位军医动不动就给人灌肠一样（现在想起来也不能怨他，那时学校肯定也没有别的药，再说日本人对得疫病的人是真活埋呀）。而且，他忙于工作

---

① 《好兵帅克》，全称《好兵帅克在第一次世界大战中的遭遇》，是捷克作家哈谢克写的一部长篇讽刺小说，曾由导演卡莱尔·斯泰克利拍成电影。

和实验,到校医院找他经常扑空,于是我就给他也编了一个顺口溜:

校医张汉民,医术真通神。
消治龙,防疫针,有病来诊找不着门。

当时美术系办得很萧条,特别是西洋画,只学一点儿低劣的石膏素描和模特写生,而那些模特的水平也很差,都是花俩儿钱从街上临时雇来的,于是我编道:

美术系,别生气。
泥捏象牙塔,艺术小坟地。
一个石膏像,挡住生殖器。
两个老模特,似有夫妻意。
衣冠齐楚不斜视,坐在一旁等上祭。
画成模像展览会上选,挂在他家影堂去。

我还给连续刷我的那位院长写过顺口溜,他当过市参议员和"国大"代表,中华人民共和国成立前,他赶最后的班机逃到了台湾,于是我写道:

院长××真不赖,市参议员国大代。
…………

> 事不祥，腿要快，飞机不来坐以待。

中华人民共和国成立后革命老人徐特立先生写信邀请他回来，保证他不会出任何问题，他真的回来了，入华北大学等革命大学学习培训后，被安排到北京市文史馆工作。他还特意让他的后太太，也是我认识的辅仁美术系的学生，请我到他家去叙叙。我觉得去见他难免两人都尴尬，特别是他要知道我给他编的顺口溜，里面还有大不敬的话，非得气坏了不可，便借故推辞了。

编顺口溜是我的特长，其实我小的时候跟祖父学的那些东坡诗，如《游金山寺》等，就是那时的顺口溜，我早就训练有素，所以驾轻就熟，张口即来。编完后还要在相好的同人间传播一下，博得大家开怀一笑。这时，乖巧的柴德赓学兄就郑重其事地告诫我："千万别让老师知道！"是啊，我当然明白，他好不容易把我招进辅仁，我尽干淘气的事，他知道了，还不得狠狠剋我。

淘气的还不止我一个，余嘉锡先生之子余逊也算一个。当时辅仁大学有一位储皖峰先生，曾做过国文系主任。他喜欢吸烟，又不敢吸得太重，刚一嘬，就赶紧把手甩出去，一边抽，一边发表议论。他有些口头语，和他接触多了常能听到，比如提到他不喜欢的人，他必说"这是一个混账王八蛋"。不知是不是受他的影响，我现在评价我看不上的人时，也常称他为"混账"。又比如他喜欢卖弄自己经常学习，知识面广，就常跟别人说："我昨天又得到了一些新材料。"当别人发表了什么见解，提出意见时，他又常不屑一顾，总是反复说："也不怎么高明""也没什么必要"。于是我们这位余逊学兄把这几句话串起来，编成这样一个顺口溜：

有一个混账王八蛋，偶尔得了些新材料，
也不怎么高明，也没什么必要。

试想，不淘到一定的水平，能编出这样精彩的段子吗？所以这则顺口溜很快就流传开了，闻者无不大笑。当然那位柴德赓学兄又提醒道："千万别让老师知道！"我至今也不知道，老师和储先生知道不知道这段公案，可惜已无法查对了。

淘气的不光是我们这些年轻老师，有些老教师有时也管不住自己。其实，淘点儿气，犯点儿坏也是人之常情，只要适可而止，哪儿说哪儿了，别让上司知道；也要看场合和对象，别让人当面下不来台，闹得无法收拾，就算不了什么大事。就怕戳到人家最忌讳的地方，正像民谚所说："打人别打脸，揭人别揭短。"国文系的尹石公（炎武）先生就赶上这么一档子事，他当时已经做到国文系主任了，他平常爱当面挖苦学生，言多有失，有时难免出格。他有两位学生，一位叫张学贤，一位叫杨万章，一次，他们俩作文没写好，于是尹石公当面讥讽他们道："你居然叫张学贤，依我看你是'学而不贤'者也；你还叫杨万章，我看纯粹是'章而不万'也。"按，"学而"是《论语》中的一章，"万章"是《孟子》中的一章。他的讽刺确实很高雅、很巧妙，他大概也为自己的即兴发挥很得意。不料第二天他再去上课，这二位给他跪下了，说："我们的名字是父母所起，如果您觉得哪个字不好，可以给我们改，我们学业有什么问题，您可以批评，但您不能拿我们的名字来挖苦我们，这也有辱我们的父母。"尹先生一看二位较上真儿了，也觉得大事不好，连忙道歉，问有什么要求没有。这二位也真执着，说："我们也没什么要求，只请求您以后别来上课了。"尹先生一看玩笑开得太大，没法收拾了，便很识趣地写了辞职报告，打点行装，到上海文物管理委员会另谋职业去了，我1957年到上海还见到他。现在想起来，这虽是一时的笑谈，但可见陈校长的教导——"对学生要多夸奖、多鼓励，切勿讽刺挖苦他们"是多么的重要。

关于学生编排老师，还有这样一段传闻，很有意思。有一位老师平时对学生很严厉，上课拿着点名册，对学生说："你们要是不好好上课，到期末，我叫你们全不及格。"但到期末却很仁慈，让学生都及格了，学生管他叫"兽面人心"。还有一位老师，平时很和气，课堂上总笑嘻嘻的，但到期末却让很多学生不及格，学生管他叫"人面兽心"。还有一位老师，平时既很凶，考试时又很狠，大量地给不及格，学生管他叫"兽面兽心"。按道理说，还应该有一种"人面人心"的老师，问学生是否有，学生回答："尚未发现，顶好的也就是'兽面人心'了。"学生的评价当然有偏颇的一面，但这也充分说明，老师要时时刻刻在学生面前注意自己的形象。

翻手为云覆手雨

1957年，北师大由陈校长亲自主持评议新增教授人选。我在辅仁和师大干了这么多年，又是陈校长亲自提拔上来的，现在又由陈校长亲自主持会议，大家看着陈校长的面子也会投我一票。那天散会后我在路上遇到了音乐系的钢琴教授老志诚先生，他主动和我打招呼："祝贺你，百分之百地通过，赞成你任教授。"我当然很高兴。但好景不长，教授的位置还没坐热，就赶上反右斗争，我被划为右派，教授职称也被取消，落一个降级使用，继续当我的副教授，工资也降了级。说起我这个右派，还有些特殊之处。我是1958年被补划为右派的，而且划定单位也不是我关系所在的北京师范大学，而是中国画院。而且别的右派大都有"言论"现行，即响应党"大鸣大放"的号召，给党提意见，说了些"不恰当"的话，我是全没有。事情的经历和其中的原委是这样的：

我对绘画的爱好始终痴心不改,在中华人民共和国成立前后,我的绘画达到了有生以来的最高水平,在国画界已经有了相当的影响。中华人民共和国成立后的前几年文化艺术还有一些发展的空间,我的绘画事业也在不断前进,比如在1951—1952年,文化部还在北海公园的漪澜堂举办过中国画画展,我拿出了四幅我最得意的作品参展。展览后,这些画也没再发还作者,等于被文化部"收购",据说后来"文化大革命"时,不知被什么人抄走都卖给了日本人。"文化大革命"后,又不断被国人买回,有一幅是我最用心的作品,被人买回后,还找到我,让我题词。看着这样一张最心爱的作品毫无代价地就成了别人的收藏品,我心里真有些惋惜,但我还是给他题了。在事业比较顺利的时候,心情自然愉快,我和当时的许多画界的朋友关系都很好,心情一愉快,我就爱淘气,在一次联谊会上我为很多画家和书画界的朋友的名字编了一系列的灯谜,供大家猜,有的至今我还记得:

慢慢地,拿着耍。

打开看,头胎马。(打两个人名)

(谜底是:"徐操"和"张伯驹")

走近河旁,越洗越脏。

躲进破墙,难逃法网。

是卷是庙,不够明朗。

文字革新,莫认工厂。(打一人名)

(谜底是"于非闇")按:此谜语讲究颇多。古"污"字可写作三点水加"于"字,故有前两句;他自己又常把"非"字写成"匪"字,在古代这两字相通,故有此两句;他还常把"闇"字写成"菴"或"庵",故有下两句;他自己还常把"闇"字写成"厂"字,此二字在古代也相通,故有最后两句。

家住在城北,其实并不美。

中间一张嘴,两边有分水。

有头又有尾,下边四条腿。

名在《尔雅》内,却非虫鱼类。

翻到《释亲》章,倒数第一辈。

出言莫怪罪,小市民趣味。(打一人名)

(谜底是徐燕荪,"荪"也作"孙")按:此谜语有许多典故出处。城北徐公用的是《战国策·齐策》"邹忌讽齐威王纳谏"的故事。《尔雅》是中国最古的一部字书,是按事物的种类编排的,古人认为读它可多识草木虫鱼的名称。在《释亲》章中,解释子孙的各种名称时有这样的话:"子之子为孙,孙之子为曾孙,曾孙之子为玄孙,玄孙之子为来孙,来孙之子为云孙。"又,小市民骂人常骂对方为"孙子(zěi)"。

因我和他们都熟识,特别是徐燕荪,所以才敢这样编排他们。他们当然"怀恨在心",想报复我,也想给我编点儿"损"的,但又编不出这么文雅的。为此我很得意。

后来绘画界准备成立全国性的专业组织——中国画院,要成立这样一个有权威、有影响力的组织,必须由一个大家都认可的人物来出面,很多人想到了著名学者、书画家叶恭绰先生。此事得到了周恩来总理的支持。当时叶恭绰先生住在香港,周总理亲自给他写信,邀请他回来主持此事。叶先生被周总理的信任所感动,慨然应允,回来后,自然成为画院院长的最热门人选。叶先生是陈校长的老朋友,我自然也和他熟识,而且有些私交,如当我母亲去世时,我到南城的一家店去为母亲买装裹(入殓所穿之衣),路过荣宝斋,见到叶先生,他看我很伤心,问我怎么回事,我和他说起了我的不幸身世以及我们孤儿寡母的艰辛,他安慰我说:"我也是孤儿。"边说边流下热泪,令我至今都很感动。又如他向别人介绍我时曾夸奖说:"贵胄天潢之后常出一些聪明绝代的人才。"所以承蒙他的信任,有些事就交给我办,比如到上海去考察上海画院的有关情况和经验,以便更好地筹办中国画院,为此我真的到上海一带做了详细的调查研究,取得了很多经验。这样,在别人眼里我自然成了叶先生的红人。但这种情况却引起了一些人的嫉恨。当时在美术界还有一位先生,他是党内的,掌有一定的实权,他当然不希望叶先生回来主持画院。他深知叶先生在美术界享有崇高的声望,叶先生一回来,大家一定都会站在叶先生那一边,自己的权势必定会受到很大的伤害,而要想保住自己的地位,就必须借这场"反右"运动把叶先生打倒。而在这位先生眼中,我属于叶先生的死党,所以要打倒叶先生必须一并打倒我,而通过打倒叶先生周围的人才能罗织罪名最终打倒他。于是我成了必然的牺牲品。但把一个人打成右派,总要找点儿理由和借口,但凡了解一点儿我的人都知道,我是不会在所谓给党提意见的会上提什么意见的。不用说给党提意见了,就算是给朋友,我也不会提什么意见。但怎么找借口呢?正应了经过千锤百炼考验的那条古训——"欲加之罪,何患无辞?"经过多方搜集挖掘,终于找到了我的这样一条"罪状":我曾称赞过画家徐燕荪的画有个性风格,并引用了"春色满园关不住,一枝红杏出墙来"的诗句来称赞他代表的这一派画风在新时代中会有新希望。于是他们就根据这句话无限上纲,说我不满当时的大好形势,意欲脱离党的领导,大搞个人主义。当时的批判会是在朝阳门内文化部礼堂举行的,会后我被正式打成右派。叶恭绰先生和我称赞过的徐燕荪先生当然也都按"既定方针"被打成右派,可谓"一网打尽"。至于他们二人被打成右派的具体经过和理由我不太清楚,不好妄加说明,但我自己确是那位先生亲自过问、亲自操办的。当然这场运动"胜利"之后,他在美术界的地位更炙手可热，可呼风唤雨了。

我也记不清是哪一年，大约过了一两年，我的右派帽子又被摘掉了。我之所以记不清，是因为没有一个很明确郑重的手续正式宣布这件事，而且我的右派帽子是在画院被戴上的，却是在师大摘的，师大也说不清是怎么回事，总之我稀里糊涂地被戴上右派帽子，又稀里糊涂地被摘掉帽子。当时政策规定，对有些摘帽的人不叫现行右派分子了，而叫"摘帽右派"——其实，还是另一种形式的右派。我虽然没有这个正式名称，但群众哪分得清谁属于正式的"摘帽右派"，谁不属于"摘帽右派"？当时对"摘帽右派"有这样一句非常经典的话，叫"帽子拿在群众手中"——不老实随时可以给你再戴上。我十分清楚这一点，日久天长就成了口头语，比如冬天出门找帽子戴，如发现是别人替我拿着，我会马上脱口而出："帽子拿在群众手中。"如自己取来帽子，马上会脱口而出："帽子拿在自己手中。"不管拿在谁的手中，反正随时都有重新被扣上的危险，能不如履薄冰、如临深渊、战战兢兢吗？日久天长，熟悉我的人都知道这个典故，冬天出门前，都会询问："帽子拿在谁的手中？"或者我自己回答："帽子拿在自己手中呢。"或者别人回答："帽子拿在群众手中呢。"

有人常问我："你这么老实，没有一句言论，没有一句不满，竟被打成右派，觉得冤枉不冤枉？"说实在的，我虽然深知当右派的滋味，但并没有特别冤枉的感受。我和有些人不同，他们可能有过一段光荣的"革命史",自认为是"革命者",完全是本着良好愿望,站在革命的或积极要求进步的立场上,响应党的号召,向党建言献策,他们都是想"抚顺鳞"的,一旦被加上"批逆鳞"的罪名,他们当然想不通。但我深知我的情况不同于他们。当时我老伴也时常为这件事伤心哭泣,我就这样劝慰她:"算了,咱们也谈不上冤枉。咱们是'封建余孽',你想,资产阶级都要革咱们的命,更不用说要革资产阶级命的无产阶级了,现在革命需要抓一部分右派,不抓咱们抓谁?咱们能成左派吗?既然不是左派,可不就是右派吗?幸好母亲她们刚去世,要不然让她们知道了还不知要为我怎么操心牵挂、担惊受怕呢?"这里虽有劝慰的成分,但确是实情,说穿了,就是这么回事,没有什么可冤枉的,也没有什么可奇怪的。我老伴非常通情达理,不但不埋怨我,反而塌下心来和我共渡难关。直到"文化大革命"后,拨乱反正,我的右派才得到彻底、正式的平反。我当时住在小乘巷的斗室里,系总书记刘模到我家宣读了党委的正式决定,摘掉我的右派帽子,取消原来的不实结论。我当时写下了几句话,表达了一下我的感想,其中有"至诚感戴对我的教育和鼓励"。在一般人看来,既然彻底平反,正式明确原来的右派是不实之词,那还有什么"教育"可谈?所以他还问我这句是什么意思,以为我是在讽刺。其实,我一点儿讽刺的意思也没有,这确实是我的心里话:从今我更要处处小心,这不就是对我的教育吗?而令我奇怪的是,摘帽之后,那位给我戴帽的先生好像没事人一样,照样和我寒暄周旋,真称得上"翻手为云覆手雨","宰相肚里能撑船"了。

以往我遭受挫折的时候陈校长都帮助了我、援救了我,但这次政治运动中他想再"护犊子"似的护着我也不成了。可陈校长此时的关心更使我感动。有一次,他去逛琉璃厂发现我收藏的明、清字画都流入那里的字画店,知道我一定是生活困难才把这些心爱的收藏卖掉,于是他不但不再开玩笑地说"这是给我买的吗?"从我这儿小小不然地"掠"走一些字画,而是出钱买下了这些字画,并立即派秘书来看望我,询问我的生活情况,还送来一百元钱。这在精神上给了我很大的安慰,再加上亲人、朋友的帮助,我才在逆境中鼓起继续生活下去的勇气。

相伴四十年

我的老伴叫章宝琛,比我大两岁,也是满人,属"章佳氏",二十三岁时和我结婚,我习惯地叫她姐姐。我们属于典型的先结婚后恋爱的夫妻,婚后感情十分好。她十分贤惠,不但对我体贴入微,而且对我的母亲也十分孝敬,关系处得十分融洽。我曾在纪念她的组诗《痛心篇》二十首中用两首最直白,但又是最真切的五言绝句这样记录我们之间的亲切感情:

结婚四十年,从来无吵闹。
白头老夫妻,相爱如年少。

先母抚孤儿,备历辛与苦。
曾闻与妇言,似我亲生女。

到我这一辈,我家已没有任何积蓄,自从结婚后,就靠我微薄的薪水维持生活。特别是结婚的头几年,我的工作非常不稳定,在辅仁几入几出,几乎处于半失业的状态。我的妻子面临着生活的艰辛,没有任何埋怨和牢骚。她自己省吃俭用,有点儿好吃的,自己从不舍得吃,总要留给母亲、姑姑和我吃,能自己缝制的衣服一定自己动手,为的是尽量节省一些钱,不但要把一家日常的开销都计划好,还要为我留下特殊的需要:买书和一些我特别喜欢又不太贵的书画。我在《痛心篇》中这样写道:

我饭美且精,你衣缝又补。

我腾钱买书,你甘心吃苦。

特别令我感动的是,我母亲和姑姑在1957年相继病倒并去世,那时政治气候相当紧张,为了应付政治运动,我不得不把大部分精力投入社会活动中,重病的母亲和姑姑几乎就靠我妻子一个人来照顾。那时的生活条件又不好,重活脏活、端屎端尿都落在她一人身上,如果只熬几天还好办,但她是成年累月地忙碌。看着她日益消瘦的身体,我心痛至极,直到给母亲和姑姑送终发丧,她才稍微松了一口气。我没有别的能感谢她,只好请她坐在椅子上,恭恭敬敬地叫她一声"姐姐",给她磕一个头。

她不但在日常生活中百般体贴我,还能在精神上理解我。我在辅仁美术系教书和后来教大一国文时,班上有很多女学生,自然会和她们有一些交往,那时又兴师生恋,于是难免有些传闻。但我心里非常清醒,能够把握住分寸,从来没有任何越雷池的举动。那时有一个时兴的词,形容男女作风不正常得过于亲昵叫"吊膀子",我可绝没有和任何女生吊过膀子,更不敢像某前辈大师那样"钦点"手下的女学生:据说有一回,一些弟子向这位前辈大师行磕头礼,正式拜他为师学画。他看到其中有一个他喜欢的女学生,就对她说:"你就不用磕头了。"这位女学生心领神会,后来就嫁给了他。我可没这么大的谱。这些风言风语也难免传到我妻子的耳中,但她从来都很理解我,绝不会向我刨根问底,更不会和我大吵大闹,她相信我。如果有人再向她没完没了地嚼舌,她甚至这样回答他:"我没能替元白生育一男半女,我对不住他。如果谁能替他生育,我还要感谢她,一定会把孩子当亲生的子女一样。"她就是这样善良,使嚼舌的人听了都感动,更不用说我了,我怎么能做任何对不起她的事呢?

她不但在感情生活上理解我,在政治生活上也支持我。按理说,她一生都是家庭妇女,哪里谈得上什么政治?但架不住在政治运动不断的20世纪50、60、70年代,她不找政治,政治却要找她。先是我在1958年被打成右派,接着在60、70年代"文化大革命"中又被打成"牛鬼蛇神",各种打击都要牵连到家庭,她也有委屈的时候,但在我的劝导下,她也想开了,不但对我没有任何的埋怨,而且铁定心和我一起共度那漫漫长夜,一起煎熬那艰苦岁月,还反过来劝慰我放宽心,保重身体,"留得青山在,不怕没柴烧"。我不知这是不是叫逆来顺受，但我却知道这忍耐的背后，体现了她甘于吃苦、坚韧不拔的刚毅和勇气。她不但有这种毅力和精神，而且相当有胆识和魄力，在"文化大革命"随时可能引火烧身的情况下，一般人唯恐避之不远，能烧的烧、能毁的毁，我不是也把宗人府的诰封烧了吗？但她却把我的大部分手稿都保存了下来，她知道这是我的生命，比什么东西都值钱。后来我有一组《自题画册十二首》的诗，诗前小序记载的就是这种情况："旧作小册，'浩劫'中先妻褙其装潢题字，裹而藏之。丧后始见于箧底，重装再题。"她把我旧作的封面撕下卷成一卷，和其他东西裹在一起，躲过"浩劫"。受她的启发，我把在"文化大革命"中起草的《诗文声律论稿》偷偷地用蝇头小楷抄在最薄的油纸上，一旦形势紧张，就好把它卷成最小的纸卷藏起来。幸好这部著作的底稿也保存了下来。"文化大革命"之后，当我打开箱底，重新见到妻子为我保留下来的底稿时，真有劫后重逢之感。要不是我妻的勇敢，我这些旧作早就化为灰烬了。所以我们称得上是真正的患难夫妻，在她生前，我们一路搀扶着经历了四十年的风风雨雨，正像《痛心篇》中所说的：

相依四十年，半贫半多病。

虽然两个人，只有一条命。

但不幸的是她身体不好，没能和我一起挺过漫漫长夜，迎来光明。

她先是在 1971 年患上严重的黄疸肝炎，几乎病死，幸亏经过多方抢救，使用了大量的激素药物才得以暂时渡过难关。在她病重时我想到了我们俩的归宿，我甚至想，不管是谁，也许死在前面的倒是幸运。但不管怎样，我们俩将来仍会重聚：

今日你先死，此事坏亦好。
免得我死时，把你急坏了。

枯骨八宝山，孤魂小乘巷。
你且待两年，咱们一处葬。

后来她的病情出现转机，我不断地为她祈祷祝福：

强地松激素，居然救命星。
肝炎黄疸病，起死得回生。

愁苦诗常易，欢愉语莫工。
老妻真病愈，高唱乐无穷。

到了秋天她的病真的好了，我把这些诗读给她，我们俩真是且哭且笑。

但到了 1975 年，老伴旧病复发，身体状况急剧下降，我急忙把她再次送到北大医院，看着她痛苦的样子，我预感到她可能不久于人世，所以格外珍惜这段时光：

> 老妻病榻苦呻吟，寸截回肠粉碎心。
> 四十二年轻易过，如今始解惜分阴。

那时我正在中华书局点校《二十四史》，当时是上级对我高度信任才让我从事这项工作，我自然不敢辞去工作，专门照顾老伴。所幸中华书局当时位于灯市西口，与北大医院相距不远。为了既不耽误上班，又能更好地照顾她，我白天请了一个看护，晚上就在她病床边搭几把椅子，睡在她旁边，直到第二天早上看护来接班。直到现在我还非常感激这个看护，很想再找到她，但一直没联系上。就这样一直熬了三个多月，我也消磨得够呛，她虽然命若游丝，希望我能陪伴她度过仅有的时光，但还挂念着我的身体，生怕把我累坏，不止一次地对我和别人说：

> 妇病已经难保，气弱如丝微袅。
> 执我手腕低言："把你折腾瘦了。"
> "把你折腾瘦了，看你实在可怜。
> 快去好好休息，又愿在我身边。"
> 病床盼得表姑来，执手叮咛托几回。
> "为我殷勤劝元白，教他不要太悲哀。"

到后来她经常说胡话,有一次说到"阿玛(满族人管父亲称阿玛)刚才来到"。我便想只要她能在我身边说话,哪怕是胡话也好:

明知呓语无凭,亦愿先人有灵。
但使天天梦呓,岂非死者犹生。

在她弥留之际,我为她翻找准备入殓的衣服,却只见她平时为我精心缝制的棉衣,而她自己的衣服都是缝缝补补的:

为我亲缝缎袄新,尚嫌丝絮不周身。
备他小殓搜箱箧,惊见裹衣补绽匀。

她终于永远离开了我。我感谢了前来慰问的人,对他们说我想单独和她再待一会儿。当病房里只剩下我们这一生一死两个人的时候,我把房门关紧,绕着她的遗体亲自为她念了好多遍"往生咒"。当年我母亲去世时,我也亲自给她念过经,感谢她孤独一人含辛茹苦地生我、抚我、养我、鞠我。当时的形势还不像"文化大革命"时那样紧张,而"文化大革命"闹得最厉害的就是"破四旧"。如果让别人知道我还在为死者念经,肯定又会惹出大麻烦,但我只能借助这种方式来表达和寄托我对她的哀思。这能说是迷信吗?如果非要这样说,我也顾不得那么多了,我只能凭借这来送她一程,希望她能往生净土，享受一个美好幸福的来世，因为她今生今世跟我受尽了苦，没有享过一天福，哪怕是现在看来极普通的要求都没有实现。我把我的歉疚、祝愿、信念都寄托在这声声经诵中了。

她撒手人寰后，我经常在梦中追随她的身影，也经常彻夜难眠。我深信灵魂，而我所说的灵魂更多的是指一种情感，一种心灵的感应，我相信它可以永存在冥冥之中：

梦里分明笑语长，醒来号痛卧空床。
鳏鱼岂爱常开眼，为怕深宵出睡乡。

君今撒手一身轻，剩我拖泥带水行。
不管灵魂有无有，此心终不负双星。

老伴死后不久，"文化大革命"就结束了。我的境况逐渐好了起来，用俗话说是"名利双收"，但我可怜的老伴再也不能和我分享事业上的成功和生活上的改善。她和我有难同当了，但永远不能和我有福同享了。有时我虽然挣来钱但一点儿愉快的心情都没有，心里空落落的，简直不知是为谁挣的；有时别人好意邀请我参加一些轻松愉快的活动，但我一想起只剩下我一个人了，就一点儿心情都没有了：

钞币倾来片片真，未亡人用不须焚。

一家数米担忧惯，此日摊钱却厌频。

酒酽花浓行已老，天高地厚报无门。

吟成七字谁相和，付与寒空雁一群。

——《夜中不寐，倾箧数钱有作》

先母晚多病，高楼难再登。

先妻值贫困，佳景未一经。

今友邀我游，婉谢力不胜。

风物每入眼，凄恻偷吞声。

——《古诗四十首》十一

"昔日戏言身后事，今朝都到眼前来。"当年我和妻子曾戏言如果一人死后另一人会怎样。她说如果她先死，剩下我一人，我一定会在大家的撺掇下娶一个后老伴的，我说绝不会。果然先妻逝世后，周围的好心人，包括我的亲属，都劝我再找一个后老伴。我的大内侄女甚至说："有一个最合适，她是三姑父的学生，她死去的老伴又是三姑父最要好的朋友，又一直有书信来往，关系挺密切，不是很好吗？"确实，从年轻时我们就有交谊，但这不意味着适合婚姻。还有人给我说合著名的曲艺艺人，我也委婉地回绝了，我说："您看我这儿每天人来人往的，都成了接待站了，再来一帮梨园行的，每天在这儿又说又唱的，还不得炸了窝？日子过起来岂不更不安生？"还有自告奋勇、自荐枕席的，其牺牲精神令我感动，但那毕竟不现实。所以我宁愿一个人，也许正应了元稹的两句诗："曾经沧海难为水，除却巫山不是云。"

到1989年冬，离先妻去世已十四年了，我又因心脏病发作住进北大医院，再次面临死亡考验。在别人都围着我的病床为我担心的时候，我忽然又想起了当年和老伴设赌的事，我觉得毫无疑问，是我赢了。

我的书法缘

我从小想当个画家,并没想当书法家,但后来的结果却是书名远远超过画名,这可谓历史的误会和阴差阳错的机运造成的。

大约在十七八岁的时候,我的一个表舅让我给他画一张画,并说要把它裱好挂在屋中,这让我挺自豪,但他临了嘱咐道:"你光画就行了,不要题款,请你老师题。"这话背后的意思再明显不过了,他看中了我的画,但嫌我的字不好。这大大刺激了我学习书法的念头,从此决心刻苦练字。这事确实有,但它只是我日后成为书法家的机缘之一,我的书法缘还有很多。

我从小就受过良好的书法训练。我的祖父写得一手好欧体字,他把所临的欧阳询的《九成宫帖》作我描模子的字样,并认真地为我圈改,所以我打下了很好的书法基础,只不过那时还处于启蒙状态,稚嫩得很,更没有明确的想当一个书法家的念头。但我对书法有着与生俱来的喜爱,也像一般的书香门第的孩子一样,把它当成一门功课,不断地学习,不断地阅帖和临帖。所幸家中有不少碑帖，可用来观摩。记得在我十岁那年的夏天，我一个人蹲在屋里翻看祖父从琉璃厂买来的各种石印碑帖，当看到颜真卿的《多宝塔碑》时，好像突然从它的点画波磔中领悟到他用笔时的起止使转，不由得叫道："原来如此！"当时我祖父正坐在院子里乘凉，听到我一个人在屋子里大声地自言自语，不由得大笑，回应了一句："这孩子居然知道了'究竟'是怎么回事！"好像屋里屋外的人忽然心灵相感应了一样。其实，我当时突然领悟的"原来如此"的"如此"究竟是什么，我也说不清，这"如此"是否就是颜真卿用笔时真的"如此"，我更难以断言；而我祖父在院子里高兴地大笑，赞赏我居然知道了"究竟"，他的大笑，他的赞赏究竟又是为什么，究竟是否就是我当时的所想，我也不知道，这纯粹属于"我观鱼，人观我"的问题。但那时真所谓"心有灵犀一点通"了，就好像修禅的人突然"顿悟"，又得到师父的认可一般，自己悟到了什么，师父的认可又是什么，都是"难以言传，唯有心证"一样。到那年的七月初七，我的祖父就病故了，所以这件事我记得特别清楚。通过这次"开悟"，我在临帖时仿佛找到了感觉，临帖的水平也有了很大的提高。

到了十七八岁的时候就出现了上一段所说的事，这件事对我的影响不再是简单地好好练字了，而是促使我决心成为书法的名家。到了二十岁时，我的草书也有了一些功底，有人在观摩切磋时说："启功的草书到底好在哪里？"这时冯公度先生的一句话使我终身受益："这是认识草书的人写的草书。"这话看起来好似一般，但我觉得受到了很大的鼓励和重要的指正。我不见得能把所有的草书认全，但从此我明白要规规矩矩地写草书才行，绝不能假借草书就随便胡来，这也成为指导我一生书法创作的原则。二十多岁后，我又得到了一部赵孟頫的《胆巴碑》，非常地喜爱，花了很长的时间临摹它、学习它，书法水平又有了一些进步。别人看来，都说我写得有点儿像专门学赵孟頫的英和（煦斋）的味道，有时也敢于在画上题字了，但不用说我的那位表舅了，就是自己看起来仍觉得有些板滞。后来我看董其昌书画俱佳，尤其是画上的题款写得生动流走、潇洒飘逸，又专心学过一段时间董其昌的字。但我发现我的题跋虽得了些"行气"，但缺乏骨力，于是我又从友人那里借来一部宋拓本的《九成宫醴泉铭》，并把它用蜡纸勾拓下来（古人称之为"响拓"），然后根据它来临摹影写，虽然难免有些拘滞，但使我的字在结构的谨严方正上有了不少的进步。又临柳公权《玄秘塔碑》若干通，适当地吸取其体势上劲媚相结合的特点。以上各家的互补，便构成了我初期作品的基础。后来我又杂临过历代各种名家的墨迹碑帖，其中以学习智永的《千字文》最为用力，不知临摹过多少遍，每遍都有新的体会和进步。随着出土文物的不断发现和古代字画的传世，我们有幸能更多地见到古人的真品墨迹，这对我学习书法有很大的帮助。我不否认碑拓的作用，它终究能保留原作的基本面貌，特别是好的碑刻也能达到传神的水平，但看古人的真品墨迹更能使我们看清结字的来龙去脉和运笔的点画使转。而现代化的技术使只有个别人才能见到的秘品,都公之于众,这对学习者是莫大的方便,应该说我们现在学习书法比古人有更多的便利条件、有更宽的眼界。就拿智永的《千字文》来说,原来号称智永石刻本共有四种,但有的摹刻不精,经累拓更加失真,有的虽与墨迹本体态笔意都相吻合,但残失缺损严重,且终究是摹刻而不是真迹;而自从在日本发现智永的真迹后,这些遗憾都可以弥补了。这本墨迹见于日本《东大寺献物账》,原账记载附会为王羲之所书,后内滕虎次郎定为智永所书,但又不敢说是真迹,而说是唐摹,然而又承认其点画并非廓填,只能说:"摹法已兼临写。"但据我与上述所说的四种版本相考证,再看它的笔锋墨彩,纤毫可见,可以毫无疑问地肯定是智永手迹,当是他为浙东诸寺所书写的八百本《千字文》之一,后被日本使者带到日本的。现在这本真迹已用高科技影印成书,人人可以得到,我就是按照这个来临摹的。在临习各家的基础上,经过不断地融会贯通和独自创造,我最终形成了自己的一家之风,我不在乎别人称我什么"馆阁体",也不惜自谑为"大字报体",反正这就是启功的书法。当然我的书法在初期、中期和晚期也有一定的变化,但这都不是刻意为之,而是自然发展的。

和我学画时正式拜过很多名师不同,我在学书法时,主要靠自己的努力,能称得上以老师的名义向他请教的并不多,近现代书法大师沈尹默(字秋明)算一个。他也是老辅仁的人,所以有很多交往的机会。他曾为我手书"执笔五字法",并当面为我讲解、示范,还对我奖掖有加,夸奖过我的书法,这对我是莫大的鼓励。多少年后,新加坡友人曾得到沈尹默先生所书的一卷欧阳永叔（修）文，请我题跋，我不由得以满腔的深情回忆道：

　　八法一瓣香，首向秋明翁。
　　昔日承面命，每至烛跋空。
　　忆初叩函丈，健毫出箧中。
　　指画提按法，谆如课童蒙。
　　信手拾片纸，追躅山阴踪。
　　戏题令元白，纠我所未工。
　　至今秘衣带，不使萧翼逢。

还有张伯英先生，我曾多次登门求教，看他写字，听他讲授碑帖知识，获益匪浅。老先生对书法事业的热情以及对后辈诲人不倦的关切令我感动。其他的前辈对我也有所指点，比如前边所说的冯公度对我草书的评价。还有一位寿玺先生，号石公，书画篆刻都很好。此人非常有意思，他管人都叫"兔"，他从来不说"这个人""那个人"，而说"这个兔""那个兔"，比如他夸奖某人的扇面画得好就说："这兔画得还不错。"日久天长大家都反过来叫他"寿兔"。我曾恭敬地向他请教，称他为"寿先生"，他生气地对我说"你不该对我这么谦恭"，把我臭骂一顿，骂得我还挺舒服。通过我的经历，我觉得练习书法最重要的还要靠自己长期刻苦的努力。

山川故人

蘸着眼泪画笑容

启功简明年谱（三）

1962年（壬寅）51岁 《古代字体论稿》出版

1971年（辛亥）60岁 参与中华书局《二十四史》《清史稿》整理工作

1975年（乙卯）64岁 夫人章宝琛去世

1977年（丁巳）66岁 《诗文声律论稿》出版

1978年（戊午）67岁 恢复教授职称

1980年（庚申）69岁 当选九三学社中央委员

1982年（壬戌）71岁 创建北师大古典文学专业硕士点

1984年（甲子）73岁 任北师大博士生导师、中国书协主席

1986年（丙寅）75岁 任国家文物鉴定委员会主任委员

⊙ 启功与恩师陈垣先生

叁

山川故人。蘸着眼泪画笑容

齐先生大我整整五十岁，对我很优待，大约老年人没有不喜爱孩子的。

我有较长一段时间没去看他，他就向胡佩衡先生说：「那个小孩怎么好久不来了？」

记齐白石先生逸事

齐白石先生的名望,可以说是举世周知的,不但中国人都熟悉,在世界各国中,也不是默默无闻者。他的篆刻、绘画、书法、诗句,都各有特点,用不着在这里多加重复叙述。现在要写的,只是我个人接触到的几件逸事,也就是老先生生活中的几个侧面,从这里可以看到他的生活、风趣,对于从旁印证他的性格和艺术的特点,大概也不是没有点滴的帮助吧!

我有一位远房的叔祖,是个封建官僚,曾买了一批松柏木材,就开起棺材铺来。齐先生有一口"寿材",是他从家乡带到北京来的,摆在跨车胡同住宅正房西间窗户外的廊子上,棺上盖着些防雨的油布,来的客人常认为里边是个长案子或大箱子之类的东西。一天老先生与客人谈起棺材问题,说道"我这一个……",便领着客人到廊子上揭开油布来看,我才吃惊地知道了那是一口棺材。这时他已经委托我的这位叔祖另做好木料的新寿材，尚未做成，这旧的也还没有换掉。后来新的做成，也没放在廊上，廊上摆着的还是那个旧的。客人对于此事，有种种不同的评论，有人认为老先生好奇，有人认为是一种引人注意的"噱头"，有人认为是"达观"的表现。后来我到过了湖南的农村，才知道这本是先生家乡的习俗，家有老人，一般都会预制寿材，有的做出板来，有的做成棺材，往往放在户外窗下，并没什么稀奇。那时我一个生长在北京城的青年，自然不会不"少见多怪"了。

我认识齐先生，即是由我这位叔祖的介绍，当时我只有十七八岁。我自幼喜爱画画，这时已向贾羲民先生学画，并由贾先生介绍向吴镜汀先生请教。对于齐先生的画，只听说是好，至于怎么好，应该怎么学，则是茫然无所知的。我那个叔祖因为看见齐先生的画大量卖钱，就以为只要画齐先生那样的画便能卖钱，他却没想，他自己做的棺材能卖钱，是因为它是木头做的，如果是纸糊的，即使样式丝毫不差，也不会有人买去做秘器。即使是用澄心堂、金粟山纸糊的也没什么好看，如果用金银铸造，也没人抬得动啊！

齐先生大我整整五十岁，对我很优待，大约老年人没有不喜爱孩子的。我有较长一段时间没去看他，他就向胡佩衡先生说："那个小孩怎么好久不来了？"我现在的年龄已经超过了齐先生初次接见我时的年龄，回顾我在艺术上无论应得多少分，从齐先生学了没有，即由于先生这一句殷勤的垂问，也使我永远不能不称老先生是我的一位老师！

齐先生早年刻苦学习的事，大家已经传述很多，在这里我想谈两件重要的"文物"，也就是齐先生刻苦用功的两件物证：一件是用油竹纸描的《芥子园画谱》，一件是用油竹纸描的《二金蝶堂印谱》①。那本画谱，没画上颜色，可见当时根据的底本并不是套版设色的善本，即那一种多次重翻的印本，先生描写得也一丝不苟，连那些枯笔破锋，都不"走样"。这本，可惜当时已残缺不全。尤其令人惊叹的是那本赵之谦的印谱，我那时虽没见过许多印谱，但常看蘸印泥打印出来的印章，它们与用笔描成的有显著的差异，而宋元人用的墨印，却完全没有见过。当我打开先生手描的那本印谱时，惊奇地、脱口而出地问了一句话："怎么还有黑色印泥呀？"及至我得知是用笔描成的，再仔细去看，仍然看不出笔描的痕迹。惭愧啊！我少年时学习的条件不算不苦，但我竟自有两部《芥子园画谱》，一部是巢勋重摹的石印本，一部是翻刻的木板本，我从来没有从头至尾临仿过一次。今天齐先生的艺术创作，保存在国内外各个博物馆中，而我在中年、青年时也曾有些绘画作品，即使现在偶然有所存留，将来也必然与我的骨头同归腐朽。诸位青年朋友啊，这个客观的真理，无情的事例，是多么值得深思熟虑的啊！这里我也要附带说明，艺术的成就，绝不是单靠照猫画虎地描摹，我也不是在这

① 《二金蝶堂印谱》，清代书画家、篆刻家赵之谦的篆刻作品集。

里提倡描摹，我只是想要说明齐老先生在青年时得到参考书的困难，偶然借到了，又是如何仔细地复制下来，以备随时翻阅借鉴，在艰难的条件下是如何刻苦用功的。他那种看去横涂竖抹的笔画，又是怎样走过精雕细琢的道路的。我也不是说这种精神只有齐先生在清代末年才有，即如在"浩劫"中，我们学校里有不少同学偷偷地借到几本参考书，没日没夜地抄成小册后，还订成硬皮包脊的精装小册，这岂能不说是那些罪人灭绝民族文化罪恶企图意外的相反后果呢！

齐先生送给过我一册影印手写的《借山吟馆诗草》，有樊樊山先生的题签，还有樊氏手写的序。册中齐先生抄诗的字体扁扁的，点画肥肥的，和有正书局影印的金冬心自书诗稿的字迹风格完全一样。那时王壬秋先生已逝，齐先生正和樊山先生往来，诗草也是樊山选定的。齐先生说："我的画，樊山说像金冬心，还劝我也学冬心的字，这册即是我学冬心字体所写的。"其实先生学金冬心还不止抄诗稿的字体，金有许多别号，齐先生也曾一一仿效。金号"三百砚田富翁"，齐号"三百石印富翁"，金号"心出家庵粥饭僧"，齐号"心出家庵僧"，亦步亦趋，极见"相如慕蔺"之意。但微欠考虑的是：田多为富，印多为贵，兼官多的人，当然俸禄多，但自古官僚们却都讳言因官致富，大概是怕有贪污的嫌疑。如果称"三百石印贵人"，岂不更为恰当？又粥饭僧是寺院中的服务人员，熬粥做饭，在和尚中地位是最为卑下的。去了"粥饭"二字，地位立刻提高了。老先生自称木匠，而不甘作粥饭僧，似尚未达一间。金冬心又有"稽留山民"的别号,齐先生则有"杏子坞老民"之号,就无从知是模拟还是另起的了。金冬心别号中最怪的是"苏伐罗吉苏伐罗",因冬心又名"金吉金","苏伐罗"是外来语"金"的音译,把两个译音字夹着一个汉字"吉"字来用,竟使得齐老先生束手无策。胆大如斗的齐先生,还没敢用"齐怀特斯动"("怀特斯动"是英语"白石"二字音译)。我还记得,当年我双手捧过先生面赐的那本《借山吟馆诗草》后,又听先生讲了如何学金冬心的画和字,我就问了一句:"先生的诗也必学金冬心了?"先生说:"金冬心的诗并不好,他的词好。"我当时只有一小套石印的《金冬心集》,里边没有词,我忙向先生请教到哪里去找冬心的词。先生回答说:"他是博学鸿词啊!"

齐先生对于写字,是不主张临帖的。他说字就那么写去,爱怎么写就怎么写。他又说碑帖里只有李邕的《云麾将军碑》①最好。他家里挂着一副宋代陈抟写的对联拓本:"开张天岸马,奇逸人中龙。抟(下有'图南'印章)。"这联的字体是北魏《石门铭》②的样子,这十个字也见于《石门铭》里。但是扩大临写的,远看去,很似康南海写的。老先生每每对人夸奖这副对联写得怎么好,还说自己学

---

① 全称《唐故云麾将军右武卫大将军赠秦州都督彭国公谥曰昭公李府君神道碑并序》,亦称《李思训碑》。
② 全称《泰山羊祉开复石门铭》,摩崖石刻,北魏永平二年(509年)镌刻于陕西汉中石门东壁。

过多次总是学不好，以说明这联上字的水平之高。我还看见过齐先生中年时用篆书写的一副联："老树著花偏有态，春蚕食叶例抽丝。"笔画圆润饱满，转折处交代分明，一个个字，都像老先生中年时刻的印章，又很像吴让之刻的印章，也像吴昌硕中年学吴让之的印章。又曾见到他四十多岁时画的山水，题字完全是何子贞样，我才知道老先生曾用过什么功夫。他教人爱怎么写就怎么写的理论，是他老先生自己晚年想要融化从前所学的，也可以说是想摆脱从前所学的，是他内心对自己的希望。当他对学生说出时，漏掉了前半部分。好比一个人消化不佳时，服用药物，帮助消化。但吃得并不甚多，甚至还没吃饱的人，随便服用强烈的助消化剂，是会发生营养不良症的。

　　有一次我向老先生请教刻印的问题，先生到后边屋中拿出一块寿山石章，印面已经磨平，放在画案上。又从案面下面的一层支架上掏出一本翻得很旧的《六书通》，查了一个"迟"字，然后拿起墨笔在印面上写起反的印文来，是"齐良迟"三个字。写成了，对着案上立着的一面小镜子照了一下，镜中的字都是正的，用笔修改了几处，即持刀刻起来。一边刻一边向我说："人家刻印，用刀这么一来，还那么一来，我只用刀这么一来。"讲说时，用刀在空中比画，即每一笔画，只用刀在笔画的一侧刻下去，刀刃随着笔画的轨道走去就完了。刻成后的笔画，一侧是光光溜溜的，另一侧是剥剥落落的，即是所谓的"单刀法"。所说的"还那么一来"，是指每笔画下刀的对面一边也刻上一刀。这方印刻完了，又在镜中照了一下，修改几处，然后才蘸印泥打出来看，这时已不再作修改了。然后刻"边款"，是"长儿求宝"，下落自己的别号。我自幼听说过：刻印熟练的人，常把印面用墨涂满，就用刀在黑面上刻字，如同用笔写字一般。这个说法，流行很广，我却没有亲眼见过。我在未见齐先生刻印前，我想象中必应是幼年听到的那类刻法，又见齐先生所刻的那种大刀阔斧的作风，更使我预料将会看到那种"铁笔"在黑色石面上写字的奇迹。谁知看到了，结果却完全两样，他那种小心的态度，反而使我失望，遗憾没有看到那样铁笔写字的把戏。这是我青年时的幼稚想法，如今渐渐老了，才懂得：精心用意地做事，尚且未必都能成功；而鲁莽灭裂地做事，则绝对没有能够成功的。这又岂但刻印一艺是如此呢？

齐先生画的特点，人所共见，但亲见过先生作画的人，就不如只见到先生作品的人那么多了。一次我看到先生正在作画，画一个渔翁，手提竹篮，肩荷钓竿，身披蓑衣，头戴箬笠，赤着脚，站在那里，原是先生常画的一幅稿本。那天先生铺开纸，拿起炭条，向纸上端详，然后一一画去。我当时的感想正和初见先生刻印时一样，惊讶的是先生画笔那样毫无拘束，造型又那么不求形似，满以为临纸都是信手一挥，没想到起草时，却是如此精心！当用炭条画到膝下—小腿—脚趾部分时，只见画了一条长勾短股的90°的线条，又和这条线平行着另画一个勾股。这时忽然抬头问我："你知道什么是大家，什么是名家吗？"我当时只曾在《桐阴论画》上见到秦祖永评论明清画家时分过这两类，但不知怎么讲，以什么为标准。既然说不出具体答案来，只好回答："不知道。"先生说："大家画，画脚，不画踝骨，就这么一来，名家就要画出骨形了。"说罢，然后在这两道平行的勾股线勾的一端画上四个小短笔，果然是五个脚趾的一只脚。我从这时以后，大约二十多年，才从八股文的选本上见到大家、名家的分类，见到八股选本上的眉批和夹批，才了然《桐阴论画》中不但分大家、名家是从八股选本中来的，且眉批、夹批也是从那里学来的。齐先生虽然生在晚清，但没听说他学做过八股，那么无疑也是看了《桐阴论画》的。

一次谈到画山水，我请教学哪一家好，还问老先生自己学哪一家。老先生说："山水只有大涤子（即石涛）画得好。"我请教好在哪里，老先生说："大涤子画的树最直，我画不到他那样。"我听着有些不明白，就问："一点儿都没有弯曲处吗？"先生肯定地回答说："一点儿都没有的。"我又问当今还有谁画得好，先生说："有一个瑞光和尚，一个吴熙曾（吴镜汀先生名熙曾），这两个人我最怕。瑞光画的树比我画得直，吴熙曾学大涤子的画我买过一张。"后来我问起吴先生，先生说确有一张画，是仿石涛的，在展览会上为齐先生买去。从这里可见齐先生如何认为"后生可畏"而加以鼓励的。但我自那时以后，很长时间，看到石涛的画，无论是在人家壁上的，还是在印本画册上的，我都怀疑是假的。旁人问我的理由，我即提出"树不直"。

齐先生最佩服吴昌硕先生，一次屋内墙上用图钉钉着一张吴昌硕的小幅，画的是紫藤花。齐先生跨车胡同住宅的正房南边有一道屏风门，门外是一个小院，院中有一架紫藤，那时正在开花。先生指着墙上的画说："你看，哪里是他画得像葡萄藤（先生称紫藤为葡萄藤，大约是先生家乡的话），分明是葡萄藤像它呀！"姑且不管葡萄藤与画谁像谁，但可见到齐先生对吴昌硕是如何地推重的。我们问起齐先生是否见过吴昌硕，齐先生说两次到上海，都没有见着。齐先生曾把石涛的"老夫也在皮毛类"一句诗刻成印章，还加跋说明，是吴昌硕有一次说当时学他自己的一些皮毛就能成名。当然吴所说的并不会是专指齐先生，而齐先生也未必因此便多疑是指自己，我们可以理解，大约也和郑板桥刻"青藤门下牛马走"印是同一自谦和服善吧！

齐先生在出处上是正义凛然的，抗日战争时，伪政权的"国立艺专"送给他聘书，请他继续当艺专的教授，他老先生即在信封上写了五个字"齐白石死了"，原封退回。又一次伪警察挨户要出人出钱，说是为了什么事。他和齐先生表明他没叫齐家出人出钱，因此便提出要齐先生一幅画，先生大怒，对家里人说："找我的拐杖来，我去打他。"那人听到，也就跑了。

齐先生有时也有些旧文人自造"佳话"的兴趣。从前北京每到冬天有菜商推着手推独轮车，卖大白菜，供用户选购，作过冬的储存菜，每一车菜最多值不到十元钱。一次菜车走过先生家门，先生向卖菜人说明自己的画能值多少钱，自己愿意给他画一幅白菜，换他一车白菜。不料这个"卖菜佣"并没有"六朝烟水气"，也不懂一幅画确可以抵一车菜而有余，他竟自说："这个老头儿真没道理，要拿他的假白菜换我的真白菜。"如果这次交易成功，于是"画换白菜""画代钞票"等佳话，即可不胫而走。没想到这方面的佳话并未留成，而卖菜商这两句煞风景的话，却被人传为谈资。从语言上看，这话真堪入《世说新语》；从哲理上看，画是假白菜，也足发人深思。明代收藏《清明上河图》的人如果参透这个道理，也就不致有那场祸患了。可惜的是这次佳话，没能属于齐先生，却无意中为卖菜人所享有了。

溥心畬先生南渡前的艺术生涯

一、心畬先生的家世，和我家的关系

心畬①先生讳溥儒，初字仲衡，后改字心畬，是清代恭忠亲王奕䜣之孙。王有二子，长子载澂，次子载滢，都封贝勒。载澂先卒，无子。恭亲王卒时，以载滢的嫡出长子溥伟继嗣载澂为承重孙，袭王爵（恭王生前曾被赐"世袭罔替"亲王爵）。心畬先生行二，和三弟溥僡，字叔明，俱侧室项夫人所生。民国后，嗣王溥伟奉母居青岛，又居大连。心畬先生与三弟奉母居北京西郊。原府第为嗣王典给西洋教会，心畬先生与教会涉讼，归还后半花园部分，即迁入定居，直至抗战后迁出移居。

---

① 畬（yú）。

滢贝勒号清素主人，夫人是敬懿太妃①的胞妹（益龄，字菊农，姓赫舍里氏），是我先祖母的胞姊。我幼年时先祖母已逝世，但两家还有往来。我幼时还见有从大连带来的礼物，有些日本制作的小巧玩具，到现在还有保存着的。曾见清素主人与徐花农（琪）和先祖有唱和的诗，惜早已失落。清素在民国以前逝世，也未见有诗文集传下来。

嗣王溥伟既东渡居大连，恭忠亲王（世俗常称老恭王）遗留的古书画都在北京，与心畬先生本来具有的天赋相契合，至成了这一代的"三绝"宗师，不能不说是具有殊胜的因缘。

先祖逝世时，我刚满十周岁，先父在九年前先卒。孤儿寡母，与一位未嫁的胞姑共度艰难的岁月。这时平常较熟悉的老亲戚已多冷淡不相往来，何况远在海滨的远亲！心畬先生一支原来就没有往来，我当然更求教无从了。

二、我受教于心畬先生的缘起

我在二十岁左右，渐渐露些头角。一次在敬懿太妃的丧事上遇到心畬先生，蒙得欣然奖誉，令我有时间到园中去。这时也见到了溥雪斋先生（伒），也令我可以常到家中去。但我自幼即得知一些"亲

---

① 即同治帝瑜妃（1856—1932），赫舍里氏，满洲镶蓝旗人，知府崇龄女，被宣统帝尊封为瑜皇贵妃、敬懿皇贵妃。

贵"的脾气，不易"伺候"，宁可淡些远些。后来屡在其他场合见到，催问我何以不去，此后才逐渐登堂请教。有人知道我家也属于清代贵族，何以却说这两位先生是"亲贵"呢？因为我的八世祖是清高宗乾隆的胞弟，封和亲王，讳弘昼，传到我的高祖时即被分出府来；我的曾祖由教家馆、应科举、做翰林官、做学政，还做过顺天乡试、礼部会试的考官、殿试的读卷官等；我先祖也是一样的，什么举人、进士、翰林、主考、学政等过了一生，用今天的话说即是寒士出身的知识分子，所以族虽贵而非亲。在一般"亲贵"的眼中，不过是"旗下人"而已。但这两位，虽被常人视为"亲贵"，究竟是学者，是艺术家，日久证明他们既与别人不同，对我就更加青睐了。

由于居住较近，去雪斋先生家的时候较多些。虽然也常到萃锦园中，登寒玉堂，专诚向心畬先生请教，而雪斋先生家有松风草堂，常常召集些画家聚集谈艺作画，俨然成为一个小型"画会"。心畬先生当然也是成员之一，这也是我获得向雪、心二位宗老和其他名家请教的一个机会。

松风草堂的集会，据我所知，最初只有溥心畬、关季笙、关稚云、叶仰曦、溥毅斋（儞，雪老的五弟）几位。后来我渐成长，和溥尧仙（佺，雪老的六弟，少我一岁）继续参加，最后祁井西常来，聚会也快停止了。

松风草堂的集会，心畬先生并不经常来，但先生每来，气氛必更加热闹。除了合作画外，还经常弹古琴、弹三弦、看古字画、围坐聊天等，无拘无束，这时我获益也最多。因为登堂请益，必是有问题、有答案，有请教、有指导，总是郑重其事，还不如这类场合中，所见所闻，常有出乎意料的东西。我所存在的问题，也许无意中获得理解；我自以为没问题的事物，也许竟自发现另外的解释。现在回忆起来，今天除我之外，自溥雪老至祁井西先生俱已成了古人，临纸记录，何胜凄黯！

我从心畬先生受教的另一种场合是每年萃锦园中许多棵西府海棠开花的时候，先生必以兄弟二人的名义邀请当时的若干文人来园中赏花赋诗。被约请的有清代的遗老，有老辈文人，也有当时有名气的（旧）文人。海棠种在园中西院一座大厅的前面，厅上廊子很宽，院中花下和廊上设些桌椅，来宾随意入座。廊中桌上有签名的素纸长卷，有一大器皿中装着许多小纸卷，签名人随手拈取一个，打开看，里边只写一个字，是分韵作诗的韵字。从来未见主人汇印分韵作诗的集子，大约不一定作的居多。我在那时是后生小子，得参与盛会已足荣幸了，也每次随着拈一个阄，回家苦思冥想，虽不能每次都能作得什么成品，但这一次一次的锻炼，还是受益很多的。

再一种受教的场合，是先生常约几位要好的朋友小酌，餐馆多是什刹海北岸的会贤堂。最常约请的是陈仁先、章一山、沈羹梅诸老先生。我是敬陪末座的小学生，也不敢随便发言。但席间饭后，听诸老娓娓而谈，特别是沈羹梅先生，那种安详周密的雅谈，叙说辛亥前和辛亥后的掌故，不但有益于见闻知识，即细听那一段段的掌故，有头有尾，有分析有评论，就是一篇篇的好文章。可恨当时不会记录，现在回想，如果有录音机录下来，都是珍贵的史料档案。这中间插入别位的评论，更是起画龙点睛的作用。心畬先生的一位新朋友，是李释堪先生，在寒玉堂中常常遇见。我和李先生的长子幼年同学，和这位老伯也就更熟悉些。他和心畬先生常拿一些当时名家的诗文来共同评论，有时也拿起我带去的习作加以指导。他们看后，常常指出哪句是先有的，哪句是后凑的，哪处好、哪处坏。这在今天我也会同样去看学生的作品，但当时我却觉得是很值得惊奇的事了。

"举一隅"可以"三隅反"，我从先生那里直接或间接受益的，真可说是数不清的。《礼记》云："独学而无友，则孤陋而寡闻。"俚语也说："投师不如访友。"原因是师是正面的教，友是多方面的启发。师的友，既有从高向下垂教的严肃一面，又有从旁辅导的轻松一面。师的友自然学问修养总比自己同等学力的小朋友丰富高尚得多，我从这种场合中所受的教益，自是不言而喻的！

总的来说我和心畬先生的关系：论宗族，他是溥字辈的，是我曾祖辈的远房长辈；论亲戚，他相当于是我的表叔；论文学艺术，他是我一位深承教诲的恩师。若讲最实际的关系，还是这末一条应该是最恰当的。

三、心畬先生的文学修养

先生幼年的启蒙老师和读书的经历，我全无所知。但知道先生早年曾在西郊戒台寺读书，至今戒台寺中许多处还留有先生的题字。

何以在晚清时候，先生以贵介公子的身份，不在府中家塾读书，却远到西郊一座庙里去读书，岂不与古代寒士寄居寺庙读书一样吗？说来不能不远溯到恭忠亲王。这位老王爷好佛，常游西山或西郊诸寺庙，当然是"大檀越"（施主）了。有一件有趣的事，一次戒台寺传戒，老王爷当然是"功德主"，和尚便施展"苦肉计"来吓老施主。有稍犯戒律的一个和尚，戒师勒令他头顶方砖，跪在地上受罚，老王爷代为说情，戒师不许。这还轻些。另一次在斋堂午斋，一个和尚手持钵盂放到案上时，立时破裂。戒师便声称戒律规定，钵盂要"与体俱亡"，须将此僧立即打死。老王爷为之劝说，戒师坚决不予宽免。老王爷怒责，僧人越发要严格执行，最后老王爷不得不下台，拂袖而去，只好饬令宛平县知县处理。老王爷告诫知县说："如此人被打死，唯你是问！"其实这场闹剧就是演给老王爷看的。有一句谚语"在京的和尚，出外的官"，足以深刻地说明他们的势力问题。当然和尚再凶，也凶不过"现管"的县官，王爷走了，戏也演完了。只从这类事看，恭忠亲王与戒台寺的关系之深，可以想见。那么心畬先生兄弟在寺中读书，不过是一个远些的书房，也就不难理解了。

心畲先生幼年启蒙师是谁，我不知道，但知道对他们兄弟（儒、僡二先生）文学书法方面影响最深的是一位湖南和尚永光法师（字海印）。这位法师大概是出于王闿运之门的，专作六朝体的诗，写一笔相当洒脱的和尚风格的字。心畲先生保存着一部这位法师的诗集手稿，在七七事变前夕，他们兄弟二人曾拿着此诗集商量如何选订和打磨润色，不久就把选订本交琉璃厂文楷斋木版刻成一册，请杨雪桥先生题签，标题是《碧湖集》。我曾得到红印本一册，可惜失落了。心畲先生曾有早年手写石印的《西山集》一册，诗格即如永光，书法略似明朝的王宠，而有疏散的姿态，其实即是永光风格的略为规矩而已。后来看见先生在南方手写的《寒玉堂诗集》，里边还有一个保存着《西山集》的小题，但内容已与旧本不同了。先生曾告诉我说有一本《瀛海坝篋》诗集，是先生与三弟同游日本时的诗稿，但我始终没有见着。可惜的是大约先生的诗词集稿本，可能大部分已经遗失。有许多我还能背诵的，在新印的诗集中已不存在了。下面即举几首为例：

《落叶》四首：

　　昔日千门万户开，愁闻落叶下金台；寒生易水荆卿去，秋满江南庾信哀。西苑花飞春已尽，上林树冷雁空来；平明奉帚人头白，五柞宫前梦碧苔。

　　微霜昨夜蓟门过，玉树飘零恨若何；楚客离骚吟木叶，越人清怨寄江波。不须摇落愁风雨，谁实摧伤假斧柯；衰谢兰成应作赋，暮年丧乱入悲歌。

萧萧影下长门殿，湛湛秋生太液池；宋玉招魂犹故国，袁安流涕此何时。洞房环佩伤心曲，落叶哀蝉入梦思；莫遣情人怨遥夜，玉阶明月照空枝。

叶下亭皋蕙草残，登楼极目起长叹；蓟门霜落青山远，榆塞秋高白露寒。当日西陲征万马，早时南内散千官；少陵野老忧君国，奔门宁知行路难。

这是先生一次用小行草写在一片手掌大的高丽笺上的，拿给我看，我捧持讽诵，先生即赐予我了。我归家后珍重地夹在一本保存好的师友手札粘册中。这些年几经翻腾，不知在哪个箱中了，但诗句还有深刻的记忆。现在居然默写全了，可见青年时脑子的好用。"时过而后学，则勤苦而难成"，真觉得有"老大徒伤悲"之感！先生还曾在扇面上给我用小行草写过许多首《天津杂诗》，现在也不见于南方所印的诗集中，我总疑是旧稿因颠沛遗失，未必是自己删去的。

先生对于后学青年，一向非常关心，谆谆嘱咐好好念书。我向先生问书画方法和道理，先生总是指导怎样作诗，常常说画不用多学，诗作好了，画自然会好。我曾产生过罪过的想法，以为先生作画每每拿笔那么一涂，并没讲求过什么皴、什么点，教我作好诗，可能是一种搪塞手段。后来我那位学画的启蒙老师贾羲民先生也这样教导我,他们两位并没有商量过啊,这才扭转了我对心畬先生教导的误解。六十年来,我又重拾画笔画些小景,不知怎么回事,画完了,诗也有了。还常蒙观者谬奖,说我那些小诗比画好些,使我自忏当年对先生教导的半信半疑。

有一次在听到先生鼓励作诗后,曾问该读哪些家的作品,先生很具体地指示:有一种合印的王维、孟浩然、韦应物、柳宗元四家诗集,应该好好地读。我即找来细看:王维的诗曾读过,也爱读的;孟浩然实在无味;柳宗元也不对胃口;只有韦应物使我有清新的感觉,有些作品似比王维还高。这当然只是那时的幼稚感觉,但六十年后的今天,印象还没怎么大变,也足见我学无寸进了!

又一次自己画了一个小扇面,是一个淡远的景色,即模仿先生的诗格题了一首五言律诗,拿着去给先生看。没想到先生看了好久,忽然问我:"这是你作的吗?"我忍着笑回答说:"是我作的。"先生又看,又问,还是怀疑的语气。我不由得笑着反问:"像您作的吧?"先生也大笑着加以勉励。这首诗是:

八月江南岸,平林欲著黄。
清波凝暮霭,鸣籁入虚堂。
卷幔吟秋色,题书寄雁行。
一丘犹可卧,摇落漫神伤。

这次虽承夸奖，但终究是出于孩子淘气的仿作，后来也仿不出来了。

先生最不喜宋人黄庭坚、陈师道一派的诗，有一次向我谈起陈师父（宝琛）的诗，说："他们竟自学陈后山（师道）。"言后非常奇怪地开怀大笑。我那时由于不懂陈后山，当然也不喜欢陈后山，也就随着大笑。后来听溥雪斋先生谈起陈师父对心畬先生诗的评论，说："儒二爷尽作那空唐诗。"指只模仿唐人腔调和常用的辞藻，没有自己独具的情感和真实的经历有得的生活体会，所以说"空唐诗"。这个词后来误传为"充唐诗"，是不确的。

为什么先生特别喜爱唐诗？这和早年的家教熏习是有关系的。恭忠亲王喜作诗，有《乐道堂集》。另有一部《萃锦吟》，全是集唐人诗句的作品，见者都惊讶怎能集出那么些首。清代人也有些集句诗集，像《钉短吟》《香屑集》之类的，但终究不是多见的。至于《萃锦吟》体裁博大，又出前者之外，所以相当值得惊诧。近几十年前，哈佛燕京学会编印了一部《杜诗引得》，逐字编码，非常精密。有人用来集杜句成诗，即借重这部工具。后来我在故宫图书馆见到一部《唐诗韵汇》，是以句为单位，按韵排开，集起来，比用《引得》整齐方便，我才恍然悟到这位老王爷在上书房读书时必然用过这种工具书。而心畬先生偏爱唐诗，未必与此毫无关系。先生对于诗，唐音之外，也还爱"文选体"，这大约是受永光法师的影响吧！

四、心畬先生的书艺

心畬先生的书法功力，平心而论，比他画法功力要深得多。曾见清代赵之谦与朋友书信中评论当时印人的造诣，有"天几人几"之说，即是说某一家的成就是天才几分、人力几分。如果借用这种评论方法来谈心畬先生的书画，我觉得似乎可以说，画的成就天分多，书的成就人力多。

他的楷书我初见时觉得像学明人王宠，后见到先生家里挂的一副永光法师写的长联，是行书，具有和尚书风的特色。先师陈援庵先生常说："和尚袍袖宽博，写字时右手提起笔来，左手还要去拢起右手袍袖，所以写出的字，绝无扶墙摸壁的死点画，而多具有疏散的风格。和尚又无须应科举考试，不用练习那种规规矩矩的小楷，如果写出自成格局的字，必然常常具有出人意表的艺术效果。"我受到这样的教导后，就留意看和尚写的字。一次在嘉兴寺门外见到黄纸上写"启建道场"四个大斗方，分贴在大门两旁。又一次在崇效寺门外看见一副长联，也是为办道场而题的，都有疏散而近于唐人的风格。问起寺中人，写者并非什么"方外有名书家"，只是普通较有文化的和尚。从此愈发服膺陈老师的议论，再看心畬先生的行书，也愈近"僧派"了。

我看到永光法师的字，极想拍照一个影片，但那一联特别长，当时摄影的条件也并不容易，因而竟自没能留下影片。后来又见许

◎ 扇面

日映岚光轻锁翠
雨收黛色冷含青
庚午季秋坚净翁启功

◎ 日映岚光

◎ 夜永无眠听朔风

◎ 梅

◎ 四条屏

◎　藏园校书图

◎　藏园校书图（局部）

◎ 白露横江

◎ 午日初长乍困人

◎ 朱作竹

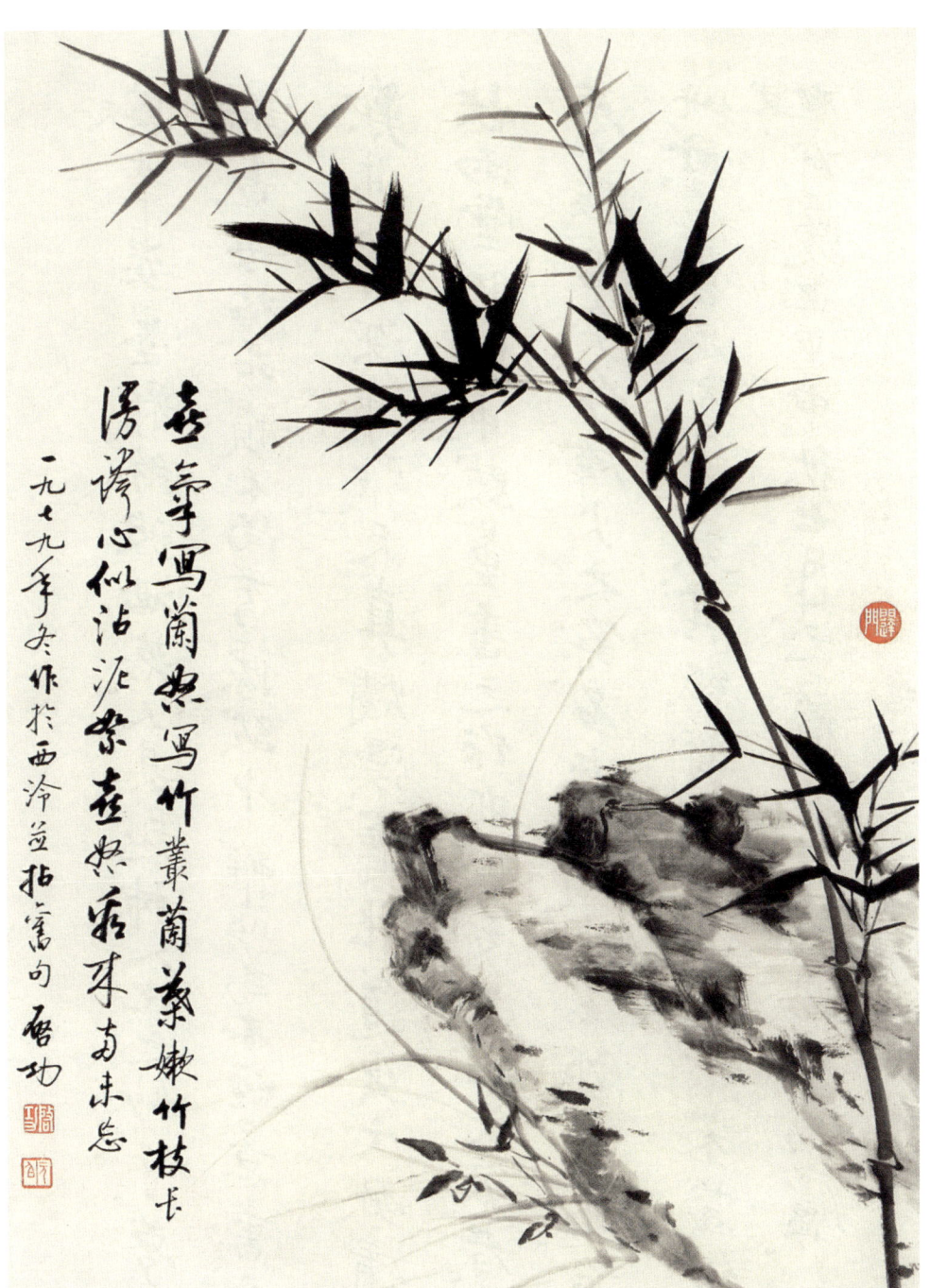

◎ 喜气写兰

夫華姿墨彩、紛披灑落、又具超神入化之妙乎夢樓論書、每拈品韻、不當考據、跋中雖以為不經意書耳、歎其蒼深渾雅、天真爛漫、實能道出文敏精詣、快雨堂題跋中跋董書之作亦最多、蓋知文敏者莫夢樓若矣、今烽火之餘、名迹日燼、海王邨畔、邂逅此冊、不啻足音跫然、其紙質密栗、鄰於宋藏經箋、尤可愛也、甲申秋七月元白啟功記於燕市寫廬

跋董其昌书

右董文敏书罗景纶语及东坡养生言二段,皆称书於詹府署中,按公崇祯四年再起为礼部尚书掌詹事府事,居三年屡疏乞休,此册书於癸酉(年再书)为崇祯六年,公年七十九岁,翌年即致仕意存引退,故念山居之乐,景迫桑榆,故慕养生之言,信手为书,心曲若揭,不待察其笔法,徵於题跋已可识为文敏兴到寓意之作矣(其)

◎ 山趣

多永光老年的字迹,与当年的风采很不相同了。总的来说,心畬先生早年的行楷书法,受永光的影响是相当可观的。

有人问:"从前人读书习字,都从临摹碑帖入手,特别是楷书几乎没有不临唐碑的,难道心畬先生就没临过唐碑吗?"我的回答是:"从前学写字的人,无不先临楷书的唐碑,是为了应考试的基本功夫。但不能写什么都用那种死板的楷体,必须有流动的笔路,才能成行书的风格。例如,用欧体的结构布下基础,再用赵体的笔画姿态和灵活的风味去把已有结构加活,即叫作'欧底赵面'(其他某底某面,可以类推)。据我个人极大胆地推论心畬先生早年的书法途径,无论临过什么唐人楷书的碑版,及至提笔挥毫,主要的运笔办法,还是从永光来的,或者可说'碑底僧面'。"

据我所知,心畬先生不是从来没临过唐碑,早年临过柳公权的《玄秘塔碑》,后来临过裴休的《圭峰禅师碑》①,从得力处看,大概在《圭峰碑》上所用功夫最多。有时刀斩斧齐的笔画,内紧外松的结字,都是《圭峰碑》的特点。先生接近五十多岁时,写的字特别像成亲王(永瑆)的精楷样子。我曾见到过先生不惜重资购买成王的晚年楷书,当时我以为先生是从柳、裴发展出来,才接近成王,喜好成王。不对,颠倒了!我们旗下人写字,可以说没有不从成王入手的,甚至是以成王为最高标准的,心畬先生岂能例外!现在我明白,先

---

① 全称《唐故圭峰定慧师传法碑并序》,又名《圭峰定慧禅师碑》,简称《圭峰碑》。

生中年以后特别喜好成王，正是返本还原的现象，或者是想用严格的楷法收敛早年那种疏散的永光体，也未可知。

先生家藏的古法书，真堪敌过《石渠宝笈》。最大的名头，当然要推陆机的《平复帖》，其次是唐摹王羲之《游目帖》，再次是颜真卿《自书告身帖》，最后是怀素的《苦笋帖》。宋人字有米芾五札、吴说《游丝书》等。先生曾亲手双钩《苦笋帖》许多本，还把钩本令刻工上石。至于先生自己得力处，除《苦笋帖》外，则是《墨妙轩法帖》所刻的孙过庭草书《千字文》，这也是先生常谈到的。其实这卷《千字文》是北宋末南宋初的一位书家王升的字迹，王升还有一本《千字文》，刻入《岳雪楼帖》和《南雪斋帖》，与这卷的笔法风格完全一致。这卷中被人割去尾款，在《千字文》末尾半行空处添上"过庭"二字，不料却还留有"王升印章"白文一印。王升还有行书手札，与草书《千字文》的笔法也足以印证。论其笔法，圆润流畅，确极妍妙，很像米芾临王羲之帖，但毕竟不是孙过庭的手迹。后来先生得到延光室（出版社）的摄影本《书谱》，临了许多次。有一天告诉我说："孙过庭《书谱》有章草笔法。"我想《书谱》中并无任何字有章草的笔势，先生这种看法从何而来呢？后来了然，《书谱》的字，个个独立，没有连绵之处，比起王升的《千字文》，确实古朴得多。先生因其毫无连绵之处的古朴风格，便觉近于章草，是完全可以理解的。米芾说唐人《月仪帖》"不能高古"，是"时代压之"，那么王升之比孙过庭，当然也是受时代所压了。最可惜的是先生平时临帖极勤、写本极多，到现在竟自烟消云散，平时连一本也不易见了，思之令人心痛。

先生藏米芾书札五件，合装为一卷，清代周于礼刻入《听雨楼法帖》的，五帖中被人买走了三帖，还剩下《春和帖》《腊白帖》二帖，先生时常临写。还常临其他米（芾）帖，也常临赵孟頫帖。先生临米帖几乎可以乱真，临赵帖也极得神韵，只是常比赵的笔力挺拔许多，容易被人看出区别。古董商人常把先生临米芾的墨迹，染上旧色，裱成古法书的手卷形式，当作米字真迹去卖。去年我在广州一位朋友家见到一卷，这位朋友是个老画家，看出染色做旧色的问题，费钱虽不多，但是疑团始终不解：既非真迹，却又不是双钩廓填，又是直接放手写成，今天又有谁有这等本领，下笔便能这样自然痛快地"乱真"呢？偶然拿给我看，我说穿了这种情况，这位朋友大为高兴，重新装裱，令我题了跋尾。

先生有一段时间爱写小楷，把好写的宣纸托上背纸，接裱成长卷，请纸店的工人画上小方格，好像一大卷连接的稿纸，只是每个小方格都比稿纸的小格大些。常见先生用这样小格纸卷抄写古文，庾信的《哀江南赋》不知写了几遍，他常对我说："我最爱这篇赋。"诚然，先生的文笔也正学这类风格。曾见先生撰写的《灵光集序》手稿，文章冠冕堂皇，多用典故，也即是庾信一派的手法。可惜的是这些古文章小楷写本，今天一篇也见不着，先生的文稿也没见到印本。

项太夫人逝世时，正当抗战之际，不能到祖茔安葬，只得停灵在地安门外鸦儿胡同广化寺，髹漆棺木。在朱红底色上，先生用泥金在整个棺柩上写小楷佛经，极尽辉煌伟丽的奇观，可惜没有留下照片。又先生在守孝时曾用注射针抽出自己身上的血液，和上紫红颜料，或画佛像，或写佛经，当时施给哪些庙已不可知，现在广化寺内是否还有藏本，也不得而知了。后来项太夫人的灵柩髹漆完毕，即厝埋在寺内院中，先生也还寓在寺中方丈室内。我当时见到室内不但悬挂有先生的书画，即隔扇上的空心处（每扇上一般有两块），也都有先生的字迹，临王、临米、临赵的居多，现在听说也不在了。

先生好用小笔写字，自己请笔工定制了一种细管纯狼毫笔，比通用的小楷笔可能还要尖些、细些，管上刻"吟诗秋叶黄"五个字，一批即制了许多支。我曾见他从一个大匣中取出一支来用，也不知曾制过几批。先生不但写小字用这种笔，写约二寸大的字，也喜用这种笔。

先生膂力很强，兄弟二位幼年都曾从武师李子廉先生习太极拳，子廉先生是大师李瑞东先生的弟子，瑞东先生是硬功一派太极拳的大师，"生而鼻缺，上翻"，故后有"鼻子李"之称。心畲、叔明两先生到中年时还能穿过板凳底下往来打拳，足见腰腿可以下到极低的程度。溥雪斋先生好弹琴，有时也弹弹三弦。一次在雪老家中（松风草堂的聚会中），我正在里间屋中作画，宾主几位在外间屋中各做些事，有的人弹三弦。忽然听到三弦的声音特别响亮了，我起坐伸头一看，原来是心畲先生弹的。这虽是极小的一件事，却足以说明先生的腕力之强。大家都知道写字作画都是以笔为主要工具，用笔当然不是要用大力、死力，但腕力强的人，行笔时，不致疲软，写出、画出的笔画，自然会坚挺得多。心畲先生的画凡见笔画线条处，无不坚刚有力，实与他的腕力有极大关系。

先生执笔，无名指常蜷向掌心，这在一般写字的方法上是不适宜的。关于用笔的格言，有"指实掌虚"之说，如果无名指蜷向掌心，掌便不够虚了。但这只是一般的道理，腕力真强的人，写字用笔的动力，是以腕为枢纽，所以掌即便不够虚也无关紧要了。先生写字到兴高采烈时，末笔写完，笔已离开纸面，手中执笔，还在空中抖动，旁观者喝彩，先生常抬头张口，向人"哈"的一声，也自惊奇地一笑，好似向旁观者说："你们觉得惊奇吧！"

五、心畲先生的画艺

心畲先生的名气，大家谈起时，至少画艺方面要居最大、最先的位置，仿佛他平生致力的学术必以绘画方面为最多。其实据我了解，却恰恰相反。他的画名之高，固然由于他的画法确实高明，画品风格确实与众不同，社会上的公认也是很公平的。但是若从功力上说，他的绘画造诣，实在是天资所成，或者说天资远在功力之上，甚至可以说：先生对画艺并没用过多少苦功。有目共见的，先生得力于一卷无款宋人山水，从用笔至设色，几乎追魂夺魄，比原卷甚或高出一筹，但我从来没见过他通卷临过一次。

　　话又说回来了，任何学术、艺术，无论古今中外，大凡有成就的人，都不可能是凭空就会了的，不学就能了的，或写出、画出他没见过的东西的。只是有人"闻（或见）一以知十"，有的人"闻（或见）一以知二"（《论语》）罢了。前边说心畲先生在绘画上天资过于功力，这是二者比较而言的，并非眼中一无所见、手下一无所试便能画出"古不乖时，今不同弊"（《书谱》）的佳作来。心畲先生家藏古画和古法书一样有许多极其名贵之品，据我所知所见，古画首推唐韩幹画马的《照夜白图》（古摹本）。其次是北宋易元吉的《聚猿图》，在山石枯树的背景中，有许多猴子跳跃游戏。卷并不高，也不太长，而景物深邃，猴子千姿百态，后有钱舜举题。世传易元吉画猿猴真迹也有几件，但绝对没有像这卷精美的。心畲先生也常画猴，都是受这卷的启发，但也没见他仔细临过这一卷。再次就要属那卷无款宋人山水，用笔灵奇，稍微有一些所谓"北宗"的习气，所以有人曾怀疑它出于金源①或元明的高手。先不管它是哪朝人的手笔，以画法论，绝对是南宋一派，但又不是马远、夏圭等人的路子，更不同于明代吴伟、张路的风格。淡青绿设色，色调也不同于北宋的成法。先生家中堂屋里迎面大方桌的两旁挂着两个扁长四面绢心的宫灯，每面绢上都是先生自己画的山水。东边四块是节临的夏圭《溪

---

① 金代的别称。

山清远图》,那时这卷刚有缩小的影印本,原画是墨笔的,先生以意加以淡色,竟似宋人原本就有设色的感觉;西边四块是节临那个无款山水卷,我每次登堂,都必在两个宫灯之下仰头玩味,不忍离去。后来见到先生的画品多了,无论什么景物,设色的基本调子,总有接近这卷之处。可见先生的画法,并非毫无古法的影响,只是绝不同于"寻行数墨""按模脱墼"的死学而已。禅家比喻天才领悟时说:"从门入者,不是家珍。"所以社会上无论南方北方,学先生画法的画家不知多少,当然有从先生的阶梯走上更高更广的境界的,也有专心模拟乃至仿造以充先生真迹的。但那些仿造品很难"丝丝入扣",因为有定法的,容易模拟;无定法的,不易琢磨。像先生那种腕力千钧、游行自在的作品,真好似和仿造的人开玩笑、捉迷藏,使他们无法找着。

  我每次拿自己的绘画习作向先生请教时,先生总是不大注意看,随便过目之后,即问:"你作诗了没有?"这问不倒我,我摸着了这个规律,凡拿画去时,必兼拿诗稿,一问立即呈上。有时索性题在画上,使得先生无法分开来看。我又有时问些关于绘画的问题,抽象些的问画境标准,具体些的问怎么去画。而先生常常是所答非所问,总是说"要空灵",有一次竟自发出一句奇怪的话,说"高皇子孙的笔墨没有不空灵的",我听了几乎要笑出来。"高皇子孙"与"笔墨空灵"有什么相干呢?但可理解,先生的笔墨确实不折不扣的空灵,这是他老先生的自我评价,也是愿把自己的造诣传给后学,但自己是怎样得到或达到空灵的境界，却无法说出，也无从说起。为了鼓励我，竟自憋出那句莫名其妙而又天真有趣的话来，是毫不可怪的！

由于知道了先生的画法主要得力于那卷无款山水，总想何时能够临摹把玩，以为能得探索这卷的奥秘，便能了解先生的画诣。虽然久存渴望，但不敢启齿借临。因知这卷是先生夙所宝爱，又知它极贵重，恐无能得借出之理。真凑巧，一次我在旧书铺中见到一部《云林一家集》，署名是清素主人选订，是选本唐诗，都属清微淡远一派的。精钞本数册，合装一函，书铺不知清素是谁，定价较廉，我就买来，呈给先生。先生大为惊喜，说这稿久已遗失，正苦于寻找不着。问我价钱，我当然表示是诚心奉上，先生一再自言自语地说："怎样酬谢你呢？"我即表示可否赐借那卷山水画一临，先生欣然拿出，我真不减于获得奇宝，抱持而归，连夜用透明纸勾摹位置，不到一月间临了两卷。后来用绢临的一本比较精彩，已呈给了陈援庵师，自己还留有用纸临的一本。我的临本可以说连山头小树、苔痕细点，都极忠实地不差位置，回头再看先生节临的几段，远远不及我勾摹得那么准确，但先生的临本古雅超脱，可以大胆地肯定说竟比原件提高若干度（没有恰当的计算单位，只好说"度"）。再看我的临本，"寻枝数叶"，确实无误，甚至如果把它与原卷叠起来映光看去，敢于保证一丝不差，但总的艺术效果呢？不过是"死猫瞪眼"而已！因此放在箱底至今已经六十年，从来未再一观，更不用说拿给朋友来看了。今天可以自慰的，只是还有惭愧之心吧！

先生家藏明清人画还有很多，如陈道复的《设色花卉》卷，周之冕的《墨笔百花图》卷，沈士充设色分段《山水》卷、设色《桃源图》卷双璧。最可惜的是一卷赵文度绢本《山水》，竟被做成"贴落"，糊在东窗上边横楣上。还有一小卷设色米派山水，有许多名头不显的明代人题，号称米友仁，实是明人画。《桃源图》不知何故发现于地安门外一个小古玩铺，为我的一位老世翁所得，我又像临无款宋人山水卷那样仔细勾摹了两次，现在有一卷尚存箱底，也已近六十年没有再看过。我学画的根底功夫，可以说是从临摹这两卷开始的，心畲先生对于绘画方法，虽较少具体指导，但我所受益的，仍与先生藏品有关，不能不说是胜缘了。

先生作画，有一毛病，无可讳言，即是懒于自己构图起稿。常常令学生把影印的古画另用纸放大，是用比例尺还是用幻灯投影，我不知道。先生早年好用日本绢，绢质透明，罩在稿上，用自己的笔法去钩写轮廓。我记得有一幅罗聘的《上元夜饮图》，先生的临本，笔力挺拔，气韵古雅，两者相比，绝像罗临溥本。诸如此类，不啻点铁成金，而世上常流传先生同一稿本的几件作品，就给作伪者留下鱼目混珠的机会。后来有时应酬笔墨太多太忙时，自己勾勒出主要的笔道，如山石轮廓、树木枝干、房屋框架以及重要的苔点等，令学生们去加染颜色或增些石皴树叶。我曾见过这类半成品，上边已有先生亲自署款盖章。有人持来请我鉴定，我即为之题跋，并劝藏者不必请人补全，因为这正足以见到先生用笔的主次、先后，比补全的作品还有价值。我们知道元代黄子久的《富春山居图》有作者自跋，说明这卷是尚未画完的作品。因为求者怕别人夺去，请他先题上是谁所有，然后陆续再补。又屡见明代董其昌有许多册页中常有未完成的几开，恐怕也是出于这类情况。心畬先生有一件流传的故事，谈者常当作笑柄，其实就是这种普通情理，被人夸张。故事是有一次求画人问先生，所求的那件画成了没有。先生手指另一房屋说："问他们画成了没有？"这句话如果孤立地听起来，好像先生家中即有许多代笔伪作，要知道先生的书画，只说那种挺拔力量和特殊的风格，已是没有任何人能够完全相似的。所谓"问他们画成"的，只是加工补缀的部分，更不可能先生的每件作品都出于"他们"之手。"俗语不实，流为丹青"，这件讹传，即是一例。

先生画山石树木，从来没有像《芥子园画谱》里所讲的那么些样子的皴法、点法和一些相传的各派成法。有时钩出轮廓，随笔横着竖着任笔抹去，又都恰到好处，独具风格。但这种天真挥洒的性格，却不宜于画在近代所制的一些既生又厚的宣纸上，由于这项条件的不适宜，又出过一次由误会造成的佳话。一次有人托画店代请先生画一大幅中堂，送去的是一幅新生宣纸。先生照例是"满不在乎"地放手去画，甚至是去抹，结果笔到三分处，墨水浸淫，却扩展到了五六分，不问可知，与先生的平常作品的面目自然大不相同。当然那位拿出生宣纸的假行家是不会愿意接受的。这件生纸作品，反倒成了画店的奇货，由于它的艺术效果特殊，竟被赏鉴家出重价买去了。

我从幼年看到先祖拿起我手中小扇,随便画些花卉树石,我便发生奇妙之感,懵懂的童心曾想,我长大了如能做一个画家该多好啊!十几岁时拜贾羲民先生为师学画,贾先生又把我介绍给吴镜汀先生去学,但我的资质鲁钝,进步很慢,现在回忆,实在也由于受到《芥子园》一类成法束缚,每每下笔之前总是先想怎么皴、怎么点,稍听老师说过什么家、什么派,又加上家派问题的困扰。大约在距今六十年的那个癸酉年①,一次在寒玉堂中大开了眼界,虽没能如佛家、道家所说一举超生,但总算解开了层层束缚,得了较大的自在。

那次盛会是张大千先生来到心畬先生家中做客,两位大师见面并无多少谈话,心畬先生打开一个箱子,里边都是自己的作品,请张先生选取。记得大千先生拿了一张没有布景的骆驼,心畬先生当时题写上款,还写了什么题语我不记得了。一张大书案,二位各坐一边,旁边放着许多张单幅的册页纸。只见二位各取一张,随手画去。真有趣,二位同样好似不假思索地运笔如飞。一张纸上或画一树一石,或画一花一鸟,互相把这种半成品掷向对方,对方有时立即补全,有时又再画一部分又掷回给对方,不到三个多小时,就画了几十张。这中间还给我们这几个侍立在旁的青年画几个扇面。我得到大千先生画的一个黄山景物的扇面,当时心畬先生即在背后写了一首五言律诗,保存了许多年,可惜已失于一旦了。那些已完成或半完成的册

---

① 20世纪的癸酉年有1933年、1993年,作者所指应是1933年。

页，二位分手时各分一半，随后补完或题款。这是我平生受到最大最奇的一次教导，使我茅塞顿开。可惜数十年来，画笔抛荒，更无论艺有寸进了。追念前尘，恍如隔世——唉！不必恍然，已实隔世了！

先生的画作与社会见面，是很偶然的，并非迫于资用不足之时、生活需用所迫，因为那时的生活还是很丰裕的。约在距今六十多年前，北京有一位溥老先生，名勋，字尧臣，喜好结交一些书画家，先由自己爱好收集，后来每到夏季便邀集一些书画家各出些扇面作品，举行展览；各书画家也乐于参加，互相观摩，也含竞赛作用，售出也得善价。这个展览会标题为"扬仁雅集"，取《世说新语》中谈扇子"奉扬仁风"的典故。心畬先生是这位老先生的远支族弟，一次被邀拿出十几件自己画成收着自玩的扇面参展，本是"凑热闹"的。没想到展出之后立即受观众的惊讶，特别是易于相轻的"同道"画家，也不禁诧为一种新风格、新面目，但新中有古，流中有源，可以说得到了内外行的同声喝彩。虽然标价奇贵，似是每件二十块银圆，但没有几天，竟自被买走绝大部分。这个结果是先生自己也没料到的。再后几年，先生有所需用，才把所存作品大小各种卷轴拿出，开了一次个人画展，也是几乎售空，从此先生累积的自珍精品，就非常稀见了。

六、余论

评论文学艺术，必须看到当时的背景，更须看作者自己的环境和经历。人的性格虽然基于先天，而环境经历影响他的性格，也不能轻易忽视。我对于心畬先生的文学艺术以及个人性格，至今虽然过数十年了，但每一闭目回忆，一位完整的、特立独行的天才文学艺术家即鲜明生动地出现在眼前。先生为亲王之孙、贝勒之子，成长在文学教育气氛很正统、很浓郁的家庭环境中。青年时家族失去特殊的优越条件，但所余的社会影响和遗产还相当丰富，包括文学艺术的传统教育和文物收藏，都培育了这位先天本富、多才多艺的贵介公子。不沾日伪的边，当然首先是学问气节所关，也不是没有附带的因素。许多清末老一代或中一代的"亲贵"有权力矛盾的，对慈禧太后常是怀有深恶的，先生对那位宣统皇帝又是貌恭而腹诽的，大连还有嫡兄嗣王。自己在北京又可安然地、富裕地做自己的"清代遗民"的文学艺术家，又何乐而不为呢！

文学艺术的陶冶，常须有社会生活的磨炼，才能对人情世态有深入的体会。而先生却无须辛苦探求，也无从得到这种磨炼，所以作诗随手即来的是那些"六朝体"和"空唐诗"。写自然境界的，能学王（维）、韦（应物），不能学陶（渊明）。在文章方面喜学六朝人，尤其爱庾信的《哀江南赋》，自己用小楷写了不知几遍。但《哀江南赋》除起首四句有具体的"戊辰之年，建亥之月，大盗移国，金陵瓦解"之外，全用典故堆砌，与《史记》《汉书》以来唐宋八家的那些丰富曲折的深厚笔法，截然不同。我怀疑先生的文风与永光和尚似乎也不无关系。但我确知先生所读古书，极其综博。藏园老人傅沅叔先生有时寄居颐和园中校勘古书，一次遇到一个有关《三国志》的典故出处，就近和同时寄居颐和园中的心畬先生谈起，心畬先生立即说出见某人传中，使藏园老人深为惊叹，以为心畬先生不但学有根柢，而且记忆过人。又一次看见先生阅读古文，一看作者，竟是权德舆，又足见先生不但阅读唐文，而且涉及一般少人读的作家。那么何以先生偏作那些被人讥诮为"说门面话"的文章呢？不难理解，没有那种磨炼，可说是个人早年的幸福，但又怎能要求他作出深挚情感的文章、具有委婉曲折的笔法！不止诗文，即常用以表达身世的别号，刻成印章的像"旧王孙""西山逸士""咸阳布衣"等，都是比较明显而不隐僻的，大约是属于同样原因。

还有一事值得表出的：以有钱、有地位、有名望、年轻时代的心畬先生，一般看来，在风月场中，必有不少活动，其实并不如此。先生有妾媵，不能说"生平不二色"，但从来不搞花天酒地的事。晚年宁可受制于箑室，也不肯"出之"，不能不算是一位"不三色"的"义夫"！

先生以书画享大名，其实在书上确实用过很大功夫，在画上则是从天资、胆量和腕力得来的居最大的比重。总之，如论先生的一生，说是诗人，是文人，是书人，是画人，都不能完全无所偏重或挂漏，只有"才人"二字，庶几可算比较恰当的概括吧！

鄭喆賢姪惠存

樂

啟功八十又五

谈谈李叔同先生的为人与绘画

我平生所佩服的学者不止一个人，李叔同先生是我平生最佩服的一位。我是个宗教徒，小时候拜了一位藏密的蒙古喇嘛，当时刚刚三岁。这样的我是个有宗教思想的人。

李叔同先生去世后，有一部介绍他的书，叫作《弘一法师永怀录》。这是接触过他的人写的书，介绍他从年轻时到出家的事迹。可惜我手中这本小书被一位朋友借去，他突然发病去世，此书就找不到了。现在写弘一大师的年谱，叙述其出家、留学经历，多是从这本书中引的资料。我现在所谈李老先生的事迹，也是多半从《弘一法师永怀录》中得到的印象。后来我遇到与李叔同有关的书都会买，可顺手买了之后又顺手被人拿走，现在手中仅有几本舍不得送给人的。

李先生年轻时候的家庭情况是这样的：他的父亲是位进士，怎么称呼我记不得了。这老先生是位盐商，后考上进士。旧社会的人都希望五福，讲究多福、多寿、多男子等，这在《尚书·洪范》中提到过。这位李老先生纳了一个妾，这位如夫人比老先生小很多，生下了李叔同先生。在那样封建的又是商人又是官僚的家中，那矛盾不言而喻，还用详细说吗？后来李叔同先生奉母亲之命到了南方，认识了几位朋友，有"天涯五友"之称，这几位是他年轻求学时最好的朋友。后来老太太去世，他们从前的房子（他出家以后，还到这房子来过）里面是供有他母亲的遗像还是牌位，我也说不上来了。他跪在那儿，叩头如捣蒜（叩起头来无数，伤心透了，就像是在罐子里捣蒜一样），我对此感触最深，我觉得恨不能在我父母亲遗像前叩头如捣蒜。但我不配，我感觉我连叩头如捣蒜都不配。这是我的感觉、我的回忆。

李先生年轻时有艺术思想，他演戏，演中国戏，演武生，从照片上看是很英俊的武生。他后来到日本去学习，在东京美术学校学习画西方油画，学习演西方戏剧。这些在《永怀录》中记载得很不具体。在学习期间，有一位日本女子与他同居。这事毫不奇怪，因为一个年轻人到外国去，旁边有一位外国女子，很容易一拍即合。

我认为李先生是非常一字一板的。有一件事，是有一个人跟他约会，比如说是明天早上九点钟到他家里去。他就在九点以前打开窗户往外看，然而九点过了五分钟，那人才来（那个时候我也不知道是不是因为堵车，过了五分钟。现在过五个钟头来不了都不奇怪，因为堵车嘛）。就因为过了五分钟，他就告诉那位客人说："你今天迟到了,现在过了五分钟,我不见你了。"他就把窗户关上了。你想想,这种事情,是不是他故意刁难朋友?不是的,他就是这样一种性格。记得印度的甘地先生到一个地方去开会演讲,途中被人打搅了,晚到了几分钟,他瞧着表说:"你使得我迟到了几分钟,你犯了个错误。"可见印度圣雄甘地就是这样的人,李叔同先生是否学习甘地或别人,我无法判断,但我知道,凡是伟大的人物对于时间的重视,中外、古今、南北应该都是一个样。我想他这是出于内心的判断。所以我说过,李叔同先生就是认真,一切都是"认真"二字。这不是说你欠我一本书,或是欠一笔钱,或是你应许什么没有做到等事,那种认真是很庸俗的,他在时间上一分钟都算上,认为是你犯了错误。所以印度的甘地与中国的李叔同真有异曲同工之妙,这已经超出优点,这是一种微妙的相应的感受,使得他对朋友、对时间、对事情都是这样。

  还有一事,是李先生出家后,有人在一间素菜馆请哲学家李石岑吃饭,这位来得晚了点。李叔同先生也没有说什么,在那儿拿念珠,客人们开始喝酒吃饭时,李先生拿起个空碗,去接一碗白开水喝。别人让他吃菜,他说:"我不吃了,我们在戒律上过午不食,现在已经过了几分钟,我不能吃了。"他那天就是什么都没有吃。"过午不食",你说这个人是不是太傻?什么是过午?过午是什么时候?很可靠吗?这午是中国的子午线?跟外国的子午线是不是一个样子?后来大家非常难过,没有想到他竟然因为客人迟到而光喝水,什么也不吃，全场人对他感到十分抱歉，让弘一饿了一顿，晚饭他也不吃了。事实上他在晚年病死就是因为胃有毛病，好像是胃癌吧？所以这是认真。佛将去世时，弟子问佛，您要是去世后，我们听谁的？佛说："以戒律为师。"李先生就是以戒律为师。想起来，李先生一生到死，一字一板，都是以戒律为师。我们现在自由散漫，什么事都可以不按律不按戒来，算不了什么。但是李先生认为就应该是这样学，就应该这样做，他对此从不怀疑。我们则是还没有信，就先怀疑，比如说我们现在吃东西，我有时也不吃肉，也不赞成杀某一东西来吃。可是想起来，我也不是严格按照五戒来守戒律，我只是觉得为我特别来杀生，不合适；然而，别人已经杀了的，那我也吃。别人杀就活该，我杀就不应该，这种想法不像话。现在也有禁止杀、盗、淫、妄、酒的戒律，属于沙弥戒，这些是小沙弥都要学习的基本五戒。我们呢？今天不杀生，明天别人杀了我又吃，这都合律合戒吗？所以，李先生对于戒律，比我们更加认真。本来那天吃饭晚了几分钟，也算不了什么，但他就是只喝一碗白水，什么也不吃。他就是这样认真。

日本那位女人跟着他到中国来，他要出家时，那位女人说："日本和尚也有家，也有子女，你就留我在这儿。"她痛哭，而李先生要跟她划清界限，要她回国。我对此觉得太残忍了。你就留下她，也没有什么不可以，你曾经跟她同居要好，现在一刀两断，也有点儿太残忍了。现在想起来，我自己是庸俗的人，对于这件事，认为李先生如果留下她，不也行吗？但李先生不是这样。直到现在，我对于这事还是留有问号。所以我还是个俗人,他老先生超出三界之外。这是我大胆留下的一个问号。

此外,他不要庙,他做普通的和尚。他出家在一个庙,算这个庙的徒弟,然后各处云游求法,但他始终没有说自己是哪一座庙的徒弟。杭州西湖边虎跑寺是他出家的地方,现在开放为一个纪念弘一大师的展览室,门外有一座纪念塔,塔里有弘一大师的舍利。

李先生在浙江第一师范学校教书时,有学生丰子恺和刘质平。这两位都是弘一的大弟子,对弘一真正生死不渝。弘一是游方僧,各处去转,如到了上海,就住在丰子恺家里。他对丰先生说:"我在你这儿吃饭,你就给我白水煮青菜,搁盐不搁油。"丰先生怎么也不好意思,搁了点儿油在菜里。弘一说:"你犯罪了,你犯错误了。我让你不搁油,你还给我搁油。"这搁点儿油算什么?他又在家中跟丰子恺说:"我现在皈依三宝。"皈依三宝后,丰先生跪在地上,弘一对他讲,你现在确是不错,能够做到,但是你还要多想一步出来要怎么样。《永怀录》中有大篇幅的记载。像这样的地方,都是了不起的。丰老先生一直到死都秉承着弘一大师遗训,真叫对得起。弘一有这样两个好徒弟,正是因为他自己做到了严格的操守,才能够有这样的好徒弟。丰先生在"文化大革命"时还开玩笑。我有个学生在"文化大革命"期间跑到上海去,看见大伙儿画的"黑画"展览。"黑画"是什么呢?丰先生画了一个小孩,抱着一个老头,题上"西方出了个绿太阳,我抱爷爷去买糖"。他说:"西方出了绿太阳,我抱爷爷去买糖。"这一下子还活得了？丰先生就挨了一阵痛批，但是也没有什么办法，也不能把他枪毙了。这个学生回来告诉我说："看见一幅最好的画。"现在想起来，这西方出了绿太阳的画很有趣味，假定我们去问丰一吟①先生，没有不哄堂大笑的。

说到李老先生出家，是怎么回事？他在学校看见日本人的书上说修炼，7天先少吃，渴了喝水；到了7天，就全不吃了，只有喝水；过了7天后，又逐渐少喝水，吃一点儿稀米汤；然后逐渐能够由多喝水到少喝水到不喝水；米汤慢慢到喝稠的。这样子由逐渐少吃到不吃，由吃饭改为喝水，再倒过来，又能吃饭。他就这样在虎跑寺生活，有空就写字。开始还有另一位老居士也在那里，似乎叫作弘伞，那位学习进步速度很快，但儿子出来干涉，将他接走还俗了，其进锐者其退速，他也就不出家了。李先生不是这样，他决定出家，就从学校走到虎跑寺，有一位校役挑着行李跟随。他进了庙立即穿上和尚衣裳，倒一杯茶给校役，称他作居士，请他喝茶。哎呀，这位校役听了非常难过，他是在以和尚的身份对待校役。校役走到虎跑寺门口，对着庙大哭。可见他一直到死，对得起这位冲着他大哭的校役，对得起所有的人。他那位日本女士也大哭着走了，她回去也不愁没有生活。问题是他出家后的一切行为都对得起当时对他大哭的人。

① 丰子恺先生之女。

是谁刺激了李先生出家的呢？之前李先生只是在家中添了一个香炉，后来逐渐烧香，供一座佛像，添了一挂素珠，出来也不吃荤。夏丏尊先生跟他开玩笑，说："你照这样和尚生活，何不出了家？"这是一位最熟的朋友开玩笑的话，是无意说的，但李先生就真出了家。夏老先生十分后悔，说："我不应该跟他说这种话，这话刺激他一跺脚出了家。"如果论功论过，夏先生都有责任。

现在再来说他在日本画画的事情。他出家前把所刻图章封存在西泠印社，孤山墙上挖个洞，放在洞里封上，上写"印藏"（"藏"当名词讲）。现在出现了他的一批画，我为什么对这些画不怀疑呢？因为刘质平，他是李先生的弟子，搞音乐的。李先生写字时多是刘在旁边服侍，写的字多半是由刘卷起来保存。后来刘先生去世，其后人把这些保存的字都捐献给国家，这些字都是很少见的。你说这是弘一大师忽然出现一大批谁也没有见过的字，你能说都是假的吗？刘质平所收藏的字要是假的，那可以说雨夜楼收藏的画也是假的。这事明摆着，如果刘质平收的字是假的，那位雨夜楼主所藏的画就应该全是假的。所以我说就应该验证画里的图章与西泠封存的印章，这可以是一个证明。刘藏的字跟雨夜楼藏的画就相当。我没有见过那些画，也没有见过雨夜楼主人，但是我从道理来推定。说李先生没有在他自己画上打过图章，这事我也不信。自己辛辛苦苦，画了一张画，上头能连个图章或签名都没有吗？既然有，只需跟孤山墙上印藏的图章核对就够了。从这几方面论证，假定有人与西泠印社勾结起来，在假画上盖章，这怎么可能？我不信。

　　为什么我认为李先生的那些画不可能是假的呢？最主要的，就是刘质平和丰子恺都是李的学生，刘先生侍候李先生写字，他卷起来保存。后来一下子拿出若干幅李先生的字。如果现在有人看见刘先生保存的字都未曾出现过，都是刘先生密藏的，经过抗战和种种费劲保存，谁也没有见过。假定有人没有看见过，就说都是假的，这也说不过去吧？就说李先生从日本带回来的画，或者是在国内画的油画也罢、水彩画也罢，这些东西就是雨夜楼所藏的那些画。问题就是说许刘质平藏那些书法，就不许雨夜楼主藏这些画吗？这些画还拿西泠印社印藏校对过。近年因为纪念李叔同先生，把洞挖开，用印章对照画上图章，是他出家以前打的章，没有问题。你说哪个真哪个假呢？既然是他从前的旧印，不是现在打上去的，所以我觉得那些画很可能就是他从前所画，存起来的，没有人知道，后来被人收藏了。这就跟刘质平收藏的字稍微有不同，但是经过这么些年，六十多年了吧？那一定要扣住哪一天哪点钟画的画，怎么个手续？由雨夜楼主人藏起来？这个就过于苛求了。依我现在的想法，为什么我相信他呢？就说这种画的画风，在雨夜楼所藏李先生的画确实是一种风格，这种风格在当时，在后来，在国内，在所有油画或水彩画中，都是自成一家的。所以我觉得雨夜楼所藏的这些画，风格是统一的，是那个时期某一个人一直画下来的。某一个时代画的，风格一样，我觉得就不应该轻易否定为不真。我没有赶上李叔同先生的时代，为什么我能够武断地判断就应该是真的呢？我有这么几个原因，客观推论就是这么一个情形。

我想李先生在日本春柳社演戏剧，没有留下什么，只有一些照片，没有录像，也无法要求春柳社都录下像、录下音来，这是不可能的。只有李先生自己买的头套、束腰，把腰勒得很细，演那个茶花女的照片。这些事都可以串起来，说明他在春柳社演过这些剧，可以得出一个粗略的轮廓。在那个时代，西方戏剧已经传到日本，李先生在日本就演西方戏剧，还是用"认真"两个字可以概括。他到了日本，并没有什么特殊，在国内时也没有说对外国戏剧有什么兴趣，到了日本却也表演一回，而且是很认真地。他自己的身材究竟能不能够达到装扮茶花女的地步？我不知道，他就硬这么做了。要是让我束腰我绝不干，我只穿过戏装（审头刺汤）照张相片（笑）。李先生能够抑制自然条件，把腰勒细，戴上头套，演茶花女，并且脸上表情也不是出家后的样子，所以我说他认真，包括他行事、做人、求学、从事艺术，都是这样的。

我没有能够像刘质平收集老师艺术作品那样直接的证据，但是有雨夜楼所收藏的画册。我敬佩李先生生平一切事一分钟都不放过的精神，我想他不可能画了若干幅西方风格的画，大批拿来骗人。现在虽不是他自己骗人，假定说是后人搞的骗局，假定有人要作李先生的画骗人，也不合逻辑。李先生生平事迹，一直到出家饿死，为戒律不吃饭等，他肯于这样做。我觉得，如果有人要造谣造到这样一位先知先觉的人，这样一位了不起的出家人头上，这人在佛法、在世间法，都是不可饶恕的。

前几年我到法国凡尔赛宫参观，看凡·高等人的画，也就是这么大小一块，价格无比昂贵。至于李叔同先生这人从头到尾，实在是让我衷心敬佩。附带说一点，据说他去虎跑寺出家时，他的藏书都分送给学生、朋友了，他只带了一本《张猛龙碑》帖，当然是石印本了。他写的字很受《张猛龙碑》的影响。我有半本，我曾给修补，又印出来了。这个《张猛龙碑》，我也特别喜欢，所以我觉得李先生把碑帖一直带在身边，这不犯戒律。他带一本佛经去念，不犯戒。至于李先生写的《四分律比丘尼戒相表记》，这书了不起，他详细分析四分律，这四分律非常复杂，他划出各种限。这书很大的一本，他自己也十分得意，说这本书你们要翻印多少本。因为他是南山律宗的，这南山律宗在中国已经失传了，他就重新集注南山资料，他想重振南山雄风，重开南山律宗。

听说雨夜楼保管了这些画，所以，我写这篇鉴定意见，来做一个证明。

仁者永怀无尽意
——回向赵朴初先生

中国幅员辽阔,世界闻名。长江、黄河,自西东下,不但四岸的民命赖以生存,南北的文化教养,也获得无穷的滋长。

唐世藩镇割据,使得金瓯碎裂。北宋虽然部分统一,而又自制内部矛盾。同胞兄弟阋墙之后,夺位掌权的弟弟,把哥哥的子孙统统赶至江南,朝内失势的大臣,又都赶到更远的边境。从此造成数千年中国文化,盛于江南,成了八九百年的局势。到了清朝,正常科举之外,还一再地举行博学鸿词的特别科举,所取人才,更多是江南的文士。

赵朴翁生于皖江,长于沪、宁,又加天资颖悟,所谓渊综博达,亦出勤学,亦出天资。始到"立年",即参加红十字会工作。这项工作,无疑是集中在扶生救死、奔走四方,对于体力锻炼、思想的仁慈,实是一种深刻的培养。那时有一急救对象,正处在困饿无援的境地，朴翁冒着生命的危险，把募来救济的粮食，送去救急。旁有关心的人士向年轻的朴翁提出警告，朴翁反问："你如见到你的同胞困饿将死，那应采取什么办法？是先问他的派别，还是先送去食品？"由此不禁想到《论语》中孔子的弟子问孔子：如有"博施于民，而能济众"的人，算不算"仁"？孔子说：何止够"仁"，应该算"圣"，尧、舜恐怕都不易达到这种行为！又，佛教传说中有释迦牟尼割肉喂鹰的故事。朴翁当然知道这类行为的危险程度，与割肉喂鹰的传说相比可以说有过之而无不及！朴翁后半生更多地做佛教以及各宗教团体的统战工作，好像是一位彻头彻尾虔诚的佛教徒，哪知他的仁者胸怀，其来有自，宗教的表现，不过是仁者胸怀升华的一个支流罢了！

湖北蕲水陈家自秋舫殿撰（沆）①以来，文风极盛。朴翁在沪上时常请教于殿撰诸孙曾字一辈的先德，尤其喜读《苍虬阁诗集》②。陈四先生（曾则）的女公子邦织女士，在家庭的影响下成长，又和朴翁结了婚，成为朴翁在中华人民共和国工作更加得力的帮手。

1983 年我初次访问日本，谒见了宋之光大使，宋大使留我住在大使馆的宿舍。正在日本电视台上教中文的陈文芷女士，来到宿舍

---

① 即陈沆（1785—1826），清学者、诗人，号秋舫。嘉庆二十四年状元，授翰林院修撰，官至四川道监察御史。被魏源称为"一代文宗"。

② "同光体"派诗人陈曾寿（1878—1949）的诗集。陈曾则是陈曾寿之弟，曾参与编撰《清史稿》。

相访。文芷女士是邦织夫人的堂侄女，拿来朴翁吟诗的录音带准备放给我听，她问我："你猜是谁的哪一首诗？"我说一定是"万幻惟余泪是真"那一首。文芷女士又惊又喜，说："你怎么猜得这么准？"我说："很简单。朴翁喜爱《苍虬阁诗集》，《苍虬阁诗集》中又以这'泪'的一首最为世所传诵。朴翁半生都是在'视民如伤'的心情下努力奔走的。请问朴翁选诗吟诵，不选这一首，又选哪一首呢？"这正如禅机心印，相对拍手大笑。

后来叶誉老收藏的一部分书画文物捐给国家文物局，王冶秋局长拿到朴翁家中，也叫我去参与鉴定。朴翁对书画文物本是很内行的，却微笑着在旁看大家发表意见。这一批书画，本是誉老亲自收藏的明清人的精品，并没有次等作品。其中给我留下很深印象的一卷憨山大师的小行书长卷，中间有几处提到"达大师"，抬头提行写。我想这样尊敬的写法，如是称达观大师，他们相距不远，又不见得是传法的师弟关系；抬头一望朴翁，朴翁说："是达摩。"我真惊讶。一般内藏书中，对于佛祖称呼也并不如此尊敬抬头提行去写，不用说对达摩了。由此可见憨山在宗门中对祖师的尊敬，真是"造次必于是"的。我更惊讶的是，这一大包书画，朴翁并未见过，憨山的诗文集中也没见过这样写法，朴翁竟在随手批阅中，便知道憨山对祖师的敬意，这便不是偶然的事了。而朴翁乍见即知憨山心印，可证绝非掠影谈禅所能比拟的。

朴翁生活朴素，也不同于一般信士的长斋茹素。我曾侍于世俗宴会之上，但见朴翁自取所吃之菜，设宴的主人举出伊蒲之品，奉到朴翁座前，表示迟奉的歉意，朴翁也就点头致谢，没有任何特殊的表示。这种生活，在饮食方面，我还见过叶誉虎先生也是如此。主人设宴，不知他茹素，誉翁只从盘边夹起蔬菜随便来吃，我与主人相熟，刚要向他提醒誉翁茹素，誉翁自己说："这是肉边菜。"及至主人拿来素菜，誉翁已吃饱了。

这两位都过了九十余岁，二位虽然平生事业并不相同，但晚年在行云流水般的起居中安然撒手，在我这后学八十八岁的目中所见，除著名的宗门大隐外，还没遇到第三位！

我与朋友谈过朴翁素食的时间，我的朋友说一定是由于掌管佛教协会，才有这样的生活，但都不敢当面请教。一次，我因心脏病住进北医三院，小护士来从臂上取血，灌入试管，手摇不停。我问她为什么摇晃试管，她说："你还吃肥肉呢！血脂这么高，不摇动，它就凝固了。"正这时，见一位长者迈步进来，便说："你们吵什么？我吃了六十多年的素，血脂也并不低呀！"原来这位长者是赵朴翁。小护士拔腿跑了。我真是百感交集，我这小病，竟劳朴翁挂念，又遗憾那位朋友没得亲自听到这句"吃了六十多年的素"。至今又是二十多年，朴翁因心脏衰竭病逝，并非因血脂高低影响生命。

朴翁寿近九十，常因保健住在北京医院。我有一天送我的习作装订本去求教，一进楼门，忽然打起喷嚏，我立刻决定写一个纸条，不敢上楼求见，谨将习作呈上，以求教正。后来虽有要去谒见的事，只要有感冒之类的病情，便求别人代达，不敢冒失去求见。今天朴翁仙逝，正赶上我患"带状疱疹"（俗名串腰龙），又无法出门往吊。回忆朴翁令人转赐问病，真自恨缘艰，欲哭无泪了！

朴翁逝后，一次和一位佛教界的同志谈起今后朴翁这个位置的接班人问题，我们共同猜度，许多方面，例如：宗教信仰、办事才干、社会名望、人品和年龄等，都不会成为极大的问题，只有一端，即朴翁的平生志愿和历史威望，实在不易想出有谁能够密切合格。朴翁身居佛教事务的领导人，却不是出家的比丘；作为佛教协会的会长，在政协的各宗教合成的一组中团结一致，一言九鼎，大家同存敬佩之心，而不是碍于什么情面。我和友人说到这里，共同击掌相问："你说有谁？"接着又共同长叹。至今半年有余的时间中，自恨无文，不能把这段思想综合起来，写成动人的韵语，敬悬在朴翁的纪念堂中，向全国人民表达我们的希望。朴翁一生，从青年、中年到老年的心期和工作，无一处不是在"博施济众"的目的之下的，在先师孔子论"仁"的垂教中曾说：能做到这个地步的人，不只是一位仁人，而且够得上圣人，并恐怕尧、舜未必全能做到！我读了若干篇敬悼朴翁的文章，所见的回向赞语，真可谓应有尽有，而"博施济众"的"仁人之语"，所见还不太多。我又在朴翁的书房中见到"无尽意斋"的匾额，这虽是《金刚经》中的一个词，对具有仁心，还无尽意的朴老来说，岂非"尧舜其犹病诸"，难道还不够一位"仁者"吗！

夫子循循然善诱人
——陈垣先生诞生百年纪念

陈垣先生是近百年的一位学者,这是人所共知的。他在史学上的贡献,更是国内国外久有定评的。我既没有能力一一叙述,事实上他的著作俱在,也不待在这里多加介绍。现在当先生降诞百年,又是先生逝世第十年之际,我以亲受业者心丧之余,回忆一些当年受到的教导,谨追述一些侧面,对于今天教育工作者来说,仍会有所启发的。

我是一个中学生,同时从一位苏州的老学者戴姜福先生读书,学习"经史辞章"范围的东西,做古典诗文的基本训练。因为生活困难,等不得逐步升学,1933年,由我祖父辈的老世交傅增湘先生拿着我的作业去介绍给陈垣先生,当然意在给我找一点儿谋生的机会。傅老先生回来告诉我说:"援庵说你写作俱佳。他的印象不错,可以去见他。无论能否得到工作安排,你总要勤向陈先生请教。学到做学问的门径，这比得到一个职业还重要，一生受用不尽的。"我谨记这个嘱咐，去见陈先生。初见他眉棱眼角肃穆威严，未免有些害怕，但他开口说："我的叔父陈简墀和你祖父是同年翰林，我们还是世交呢！"其实陈先生早就参加资产阶级革命，对于封建的科举关系焉能那样讲求？但从我听了这句话，我和先生之间，像先拆了一堵生疏的墙壁。此后随着漫长的岁月，每次见面，先生都给我换去旧思想，灌注新营养。在今天如果说予小子对文化教育事业有一滴贡献，那就是这位老园丁辛勤灌溉时的汗珠。

一、怎样教书

我见了陈老师之后不久，老师推荐我在辅仁大学附属中学教一班国文。在派我工作时，详细问我教过学生没有，多大年龄的，教什么，怎么教。我把教过家馆的情形述说了，老师在点点头之后，说了几条注意事项。过了两年，有人认为我不够中学教员的资格，把我解聘。老师后便派我在大学教一年级的国文。老师一贯的教学理论，多少年从来未间断地对我提醒。今天回想，记忆犹新，现在综合写在这里。老师说：

（一）教一班中学生与在私塾屋里教几个小孩不同，一个人站在讲台上要有一个样子。人脸是对立的，但感情不可对立。

（二）万不可有偏爱、偏恶，万不许讥诮学生。

（三）以鼓励夸奖为主。不好的学生，包括淘气的或成绩不好的，都要尽力找他们一小点好处，加以夸奖。

（四）不要发脾气。你发一次，即使有效，以后再有更坏的事件发生，又怎么发更大的脾气？万一发了脾气之后无效，又怎么下场？你还年轻，但在讲台上即是师表，要取得学生的佩服。

（五）教一课书要把这一课的各方面都预备到，设想学生会问什么。陈老师还多次说过，自己研究几个月的一项结果，有时并不够一堂时间讲的。

（六）批改作文，不要多改，多改了不如你替他作一篇。改多了他们也不看。要改重要的关键处。

（七）要有教课日记。自己和学生有某些优缺点，都记下来，包括作文中的问题，记下以备比较。

（八）发作文时，要举例讲解。缺点尽力在堂下个别谈；缺点改好了，有所进步的，尽力在堂上表扬。

（九）要疏通课堂空气，你总在台上坐着，学生总在台下听着，成了套子。学生打哈欠，或者在抄别人的作业，或看小说，你讲的多么用力也是白费。不但作文课要在学生座位行间走走，讲课时，写了板书之后，也可下台看看。既回头看看自己板书的效果如何，也看看学生会记不会记。有不会写的或写错了的字，在他们座位上给他们指点，对于被指点的人，会有较深的印象，旁边的人也会感兴趣，不怕来问了。

这些"上课须知",老师不止一次地向我反复说明,唯恐我听不明、记不住。

老师又在楼道挂了许多玻璃框子,里边随时装入一些各班学生的优秀作业,要求有顶批、有总批,有加圈的地方,有加点的地方,都是为了标志出优点所在。这固然是为了学生观摩的大检阅、大比赛,后来我才明白也是教师教学效果、批改水平的大检阅。

我知道老师并没搞过什么教学法、教育心理学,但他这些原则和方法,实在符合许多教育理论,这是从多年的教学实践经验中辛勤总结得出来的。

二、对后学的诱导

陈老师对后学因材施教,在课堂上对学生用种种方法提高他们的学习兴趣,在堂下对后学,无论是否自己教过的人,也都抱有一团热情去加以诱导。当然也有正面出题目、指范围、定期限、提要求的时候,但这是一般师长、前辈所常有的、共有的,不待详谈。这里要谈的是陈老师一些自身表率和"谈言微中"的诱导情况。

陈老师对各班"国文"课一向不但亲自过问,每年总还自己教一班课。各班的课本是统一的,选哪些作品,哪篇是为何而选,哪篇中讲什么要点,通过这篇要使学生受到哪方面的教育,都经过仔细考虑,并向任课的人加以说明。学年末全校的一年级国文课总是

"会考",由陈老师自己出题,统一评定分数。现在我才明白,这不但是学生的会考,也是教师们的会考。

我们这些教国文的教员,当然绝大多数是陈老师的学生或后辈,他经常要我们去见他。如果时间隔久了不去,他遇到就问:"你忙什么呢,怎么好久没见?"见面后并不考察读什么书、写什么文等,总是在闲谈中抓住一两个小问题进行指点,指点的往往是因小见大。我们每见老师总有新鲜的收获,或发现自己的不足。

我很不用功,看书少、笔懒,发现不了问题,老师在谈话中遇到某些问题,也并不尽关史学方面的,总是细致地指出,这个问题可以从什么角度去研究探索,有什么题目可作,但不硬出题目,而是引导人产生兴趣。有时评论一篇作品或某一种书,说它有什么好处,但还有什么不足处,常说:"我们今天来作,会比它要好。"说到这里就止住。好处在哪里,不足处在哪里,怎样作就比它好?如果我们不问,并不往下说。我就错过了许多次往下请教的机会,因为那些评价的绝大多数是我没读过的书,或者没有兴趣的问题,假如听了之后随时请教,或回去赶紧补读,下次接着上次的问题尾巴再请教,岂不收获更多?当然我也不是没有继续请教过,最可悔恨的是请教过的比放过去的少得多!

陈老师的客厅、书房以及住室内,总挂些名人字画,最多的是清代学者的字,有时也挂些古代学者字迹的拓片。客厅案头或沙发前的桌上,总有些字画卷册或书籍,这常是宾主谈话的资料,也是对后学的教材。他曾用30元买了一开章学诚的手札,在20世纪30年代买清代学者手札墨迹,需要很高价钱了。但章学诚的字,写得非常拙劣,老师把它挂在那里,既备一家学者的笔迹,又常当作劣书的例子来警告我们。我们去了,老师常指着某件字画问:"这个人你知道吗?"如果知道,还说得出一些有关的问题,老师必大为高兴,连带地引出关于这位学者和他的学问、著述种种评价和介绍;如果不知道,则又指引一点儿头绪后就不往下多说,例如说"他是一个史学家"就完了。我们因自愧没趣,或者想知道究竟,只好去查有关这个人的资料,明白了一些,下次再向老师表现一番,老师必很高兴。但又常在我的棱缝中再点一下,如果还知道,必大笑点头,我也像考了满分,感觉自傲。如果词穷了,也必再告诉一点儿头绪,容回去再查。

老师最喜欢收学者的草稿,细细寻绎他们的修改过程,他客厅桌上常摆着这类东西。当见我们看得发生兴趣时,便提出问题说:"你说他为什么改那个字?"

老师常把自己研究的问题向我们说,有什么问题,是怎么研究起的。在我们的疑问中,如果有老师还没有想到的,必高兴地肯定我们的提问,然后再进一步地发挥给我们听。老师常说,一篇论文或专著,作完了不要忙着发表,好比刚蒸出的馒头,需要把热气放完了,才能去吃,这时才能知道蒸得透不透、熟不熟。他还常说,作品要给三类人看:一是水平高于自己的人;二是和自己平行的人;

三是不如自己的人。因为可以从不同角度得到反馈，以便修改。所以老师的著作稿，我们也常以第三类读者的关系，而得到先睹。我们提出的意见或问题，当然并非全无启发性，但也有些是很可笑的。一次稿中引了两句诗，一位先生看了，误以为是长短二句散文，说稿上的断句有误。老师因而告诉我们要注意学诗，不可闹笑柄，但又郑重嘱咐我们，不要向那位先生说，并说将由自己劝他学诗。我们同从老师受业的人很多，但许多并非同校、同班，以下只好借用"同门"这个旧词。那么那位先生也可称为"同门"。

老师常常驳斥我们说"不是""不对"，听着不免扫兴。但这种驳斥都是有代价的，当驳斥之后，必然使我们知道什么是"是"的，什么是"对"的。后来我们又常恐怕听不到这样的驳斥。

三、对中华民族历史文化的一片丹诚

历史证明，中国几千年来各地方的各民族从矛盾到交融，最后团结成为一体，构成了伟大的中华民族和它的灿烂文化。陈老师曾从一部分历史时期来论证这个问题，即是他精心而且得意的著作之一《元西域人华化考》。

在抗战时期，老师身处沦陷区中，和革命抗敌的后方完全隔绝，手无寸铁的老学者，发奋以教导学生为职志。环境日渐恶劣，生活日渐艰难，老师和几位志同道合的老先生著书、教书越发勤奋。学校经费不足，《辅仁学志》将要停刊，几位老先生相约在《辅仁学志》上发表文章，不收稿费。这时期他们发表的文章比收稿费时还要多。老师曾语重心长地说："从来敌人消灭一个民族，必从消灭它的民族历史文化着手。中华民族文化不被消灭，也是抗敌根本措施之一。"

辅仁大学是天主教的西洋教会所办的，当然是有传教目的的。陈老师的家庭是有基督教信仰的，他在20世纪20年代做教育部次长时，因为在孔庙行礼迹近拜偶像，对"祀孔"典礼，曾"辞不预也"，但他对教会，则不言而喻是愿"自立"的。20世纪20年代有些基督教会也曾经提出过"自立自养"，并曾进行过募捐。当时天主教会未曾提过这个口号，这又岂是一位老学者所能独力实现的呢？于是老师不放过任何机会，大力向神父们宣传中华民族文化，曾为他们讲佛教在中国之所以能传播的原因。看当时的记录，并未谈佛教的思想，而是列举中华民族的文化艺术对佛教的存在有什么好处，可供天主教借鉴。吴历，号渔山，是清初时一位深通文学的大画家，他是第一个国产神父，老师对他一再撰文表彰。又在旧恭王府花园建立"司铎书院"，专对年轻的中国神父进行历史文化基本知识的教育。这个花园中有几棵西府海棠，从前每年花开时旧主人必宴客赋诗，老师这时也在这里宴客赋诗，以"司铎书院海棠"为题，自己也作了许多首。还让那些年轻神父参加观光，意在造成中国司铎团体的名声。

这种种往事，有人不尽理解，以为陈老师"为人谋"了。若干年后，想起老师常常口诵《论语》中两句："施于有政，是亦为政。"才懂得他的苦心孤诣！还记得老师有一次和一位华籍大主教拍案争辩，成为全校震动的一件事情。但辩的是什么，一直没有人知道；而到了今日已然明白，辩的是什么，也就不问可知了。

一次，我拿一卷友人收藏找我题跋的纳兰成德手札卷，去给老师看，说起成德的汉文化修养之高，我说："您作《元西域人华化考》举了若干人，如果我作《清东域人华化考》，成容若应该列在前茅。"老师指着我的题跋说："后边是启元伯。"相对大笑。中华民族的历史文化是民族的生命和灵魂，更是各兄弟民族团结融合的重要纽带，也是陈老师学术思想中的一个重要组成部分，甚至可以说是一个中心。

四、"竭泽而渔"地搜集材料

老师研究某一个问题，特别是做历史考证，最重视占有材料。所谓占有材料，并不是指专门挖掘什么新奇的材料，更不是主张找人所未见的什么珍秘材料，而是说要了解这一问题各个方面有关的材料，要尽量搜集，加以考察，在人所共见的平凡书中，发现问题，提出见解。老师常说，在准备材料阶段，要"竭泽而渔"，意思即是要不漏掉每一条材料。至于用几条、怎么用，那是第二步的事。

问题来了，材料到哪里找？这是我最苦恼的事。而老师常常指出范围，上哪方面去查。我曾向老师问起："您能知道哪里有哪方面的材料，好比能知道某处陆地下面有伏流，刨开三尺，居然跳出鱼来，这是怎么回事？"后来逐渐知道老师有深广的知识面，不管多么大部头的书，他总要逐一过目。好比对于地理、地质、水道、动物等调查档案都曾过目的人，哪里有伏流，哪里有鱼，总会掌握线索的。

他曾藏有三部佛教的《大藏经》和一部道教的《道藏经》，曾说笑话："唐三藏不稀奇，我有四藏。"这些"大块文章"老师都曾阅览过吗？我脑中时常泛出这种疑问。一次老师在古物陈列所发现了一部嘉兴地方刻的《大藏经》，立刻知道里边有哪些种是别处没有的，并且有什么用处，即带着人去抄出许多本，摘录若干条。怎么比较而知哪些种是别处没有的呢？当然熟悉目录是首要的，但仅仅查目录，怎能知道哪些有什么用处呢？我这才"考证"出老师藏的"四藏"并不是陈列品，而是都曾一一过目、心中有数的。

老师自己曾说年轻时看清代的《十朝圣训》《朱批谕旨》《上谕内阁》①等书，把各书按条剪开，分类归并成册，称它为《柱下备忘录》。整理出的问题，即是已发表的《宁远堂丛录》。可惜只发表了几条，仅是全份分类材料的几百分之一。又曾说年轻时为应科举考试，把许多八股文的书全都拆开，逐篇看去，分出优劣等级，

---

① 《朱批谕旨》即《世宗宪皇帝朱批谕旨》，《上谕内阁》即《世宗宪皇帝上谕内阁》。

重新分册装订，以备精读或略读。后来还能背诵许多八股文的名篇给我们听。这种干法，有谁肯干！又有几人能做得到？

中华人民共和国成立前，老师对于马列主义的书还未曾接触过。中华人民共和国成立之初，才找到大量的小册子，即不舍昼夜地看。老师眼睛不好，册上的字又很小，只能用放大镜照着一册册看。那时他已是七十岁的老人了，结果累得大病一场，医生制止看书，这才暂停下来。

老师还极注意工具书，20世纪20年代时《丛书子目索引》一类的书还没出版，老师带了一班学生，编了一套各种丛书的索引，这些清稿，一直在老师书案旁边书架上，后来虽有出版的，但他还是习惯查这份稿本。

另外，还有其他书籍，本身并非工具书，但由于善于利用，而收到了工具书的效果。例如，一次，有人拿来一副王引之写的对联，是集唐人诗句。一句知道作者，一句不知道。老师走到藏书的房间，不久出来，说了作者是谁。大家都很惊奇地问怎么知道的，原来有一种小本子的书，叫《诗句题解汇编》，是把唐宋著名诗人的名作每句按韵分编，查者按某句末字所属的韵部去查即知。科举考试除了考八股文外，还考试帖诗。这种诗绝大多数是以一句古代诗为题，应考者要知道这句诗的作者和全诗的内容，然后才好着笔，这种小册子即是当时的"夹带"，也就是今天所谓的"小抄"。现在试帖诗没有人再作了，而这种"小抄"到了陈老师手中，却成了查古人诗句的索引。这不过是一个例子，其余不难类推。

胸中先有鱼类分布的地图，同时烂绳破布又都可拿来做网，何患不能"竭泽而渔"呢？

五、一指的批评和一字的考证

老师在谈话时，时常风趣地用手向人一指。这无言的一指，有时是肯定的，有时是否定的，使被指者自己领会，得出结论。一位"同门"满脸连鬓胡须，又常懒得刮，老师曾明白地告诉他，不刮属于不礼貌，并且上课也要整齐严肃，不修边幅去上课，给学生的印象不好，但这位"同门"还是常常忘了刮。当忘刮胡子见到老师时，老师总是看看他的脸，用手一指，他便局踷不安。有一次我们一同去见老师，快到门前了，他忽然发觉没有刮胡子，便跑到附近一位"同门"的家中借刀具来刮。附近的这位"同门"的父亲，也是我们的一位师长，看见后说："你真成了子贡。"大家以为是说他算大师的门徒。这位老先生又说："入马厩而修容！"这个故事是这样：子贡去到一个贵人家，因为容貌不整洁，被守门人拦住，不许入门。子贡临时钻进门外的马棚"修容"。大家听了后一句无不大笑。这次这位"同门"才免于一指。

一次作司铎书院海棠诗，我用了"西府"一词，另一位"同门"问道："恭王府当时称西府呀？"老师笑着用手一指，然后说："西府海棠啊！"这位"同门"说："我想远了。"又谈到当时的美术系主任溥忻先生，他在清代的封爵是"贝子"，我说："他是字董。"老师点点头。这位"同门"又问："什么字董？"老师不禁一愣，"哎"了一声，用手一指，没再说什么。我赶紧接着说："就是贝子，《金史》作字董。"这位"同门"研究史学，偶然忘了金源官职。老师这无言的一指，不啻开了一次"必读书目"。

老师读书，从来不放过一个字，做历史考证，有时一个很大的问题，都从一个字上突破、解决。以下举三个例子。

北京图书馆影印一册于敏中的信札，都是从热河行宫寄给在北京的陆锡熊的。陆锡熊那时正在编辑《四库全书》，于的信札是指示编书问题的。全册各信札绝大部分只写日子，极少有月份，更没有年份。里边一札偶然记了大雨，老师即从它所在地区和下雨的情况钩稽得知是某年某月，因而解决了这批信札大部分写寄的时间，而为《四库全书》的编辑经过和进程得到许多旁证资料。这是从一个"雨"字解决的。

又在考顺治是否真曾出家的问题时，在蒋良骐编的《东华录》中看到顺治卒后若干日内，称灵柩为"梓宫"，从某日以后称灵柩为"宝宫"，再印证其他资料，证明"梓宫"是指木制的棺材，"宝宫"是指宝瓶，即是骨灰坛，于是证明顺治是用火葬的。《清实录》屡经删削修改，蒋良骐在乾隆时所摘录的底本，还是没太删削过的本子，还存留"宝宫"的字样。《清实录》是官修的书，可见早期并没讳言火葬。这是从一个"宝"字解决的。

又当撰写纪念吴渔山的文章时,搜集了许多吴氏的书画影印本。老师对于画法的鉴定,未曾做专门研究,时常叫我去看。我虽曾学画,但那时的鉴定能力还很幼稚,老师依然是垂询参考的。一次看到一册,画的水平不坏,题"仿李营邱",老师直截了当地告诉我说:"这册是假的!"我赶紧问什么原因,老师详谈:孔子的名字,历代都不避讳,到了清代雍正四年(1726年),才下令避讳"丘"字,凡写"丘"字时,都加"邑"旁作"邱",而在这以前,并没有把"孔丘""营丘"写成"孔邱""营邱"的。吴渔山卒于雍正以前,怎能预先避讳?我真奇怪,老师对历史事件连年份都记得这样清,提出得这样快!在这个问题上,当然和作《史讳举例》曾下的功夫有关,更重要的是亲手剪裁分类编订过那部《柱下备忘录》,所以清代史事,不难如数家珍、唾手而得。伪画的马脚,立刻揭露。这是从一个"邱"字解决的。

这类情况还很多,凭此三例,也可以概见其余。

六、严格的文风和精密的逻辑

陈老师对于文风的要求,一向是极端严格的。字句的精简、逻辑的周密,从来一丝不苟。旧文风,散文多半是学"桐城派",兼学些半骈半散的"公牍文"。遇到陈老师,却常被问得一无是处。

怎样问？例如，用些漂亮的语调、古奥的辞藻时，老师总问："这些怎么讲？"那些语调和辞藻当然不易明确翻译成现在语言，答不出时，老师便说："那你为什么用它？"一次我用了"旧年"二字，是从唐人诗"江春入旧年"套用来的。老师问："旧年指什么？是旧历年，是去年，还是以往哪年？"我不能具体说，就被改了。老师说："桐城派作文章如果肯定一个人，必要否定另一个人来作陪衬。语气总要摇曳多姿，其实里边有许多没用的话。"20世纪30年代流行一种论文题目，像"某某作家及其作品"，老师见到我辈如果写出这类题目，必要把那个"其"字删去，宁可使念着不太顺嘴，也绝不容许多费一个字。陈老师的母亲去世，老师发讣闻，一般成例，孤哀子名下都写"泣血稽颡"，老师认为"血"字并不诚实，就把它去掉。在旧社会的"服制"上，什么"服"的亲属，名下写什么字样。"泣血稽颡"是比儿子较疏的亲属名下所用的，但老师宁可不合世俗旧服制的习惯用语，也不肯向人撒谎，说自己泣了血。

唐代刘知几作的《史通》，里边有一篇《点烦》，是举出前代文中啰唆的例子，把他所认为应删去的字用"点"标在旁边。流传的《史通》刻本，字旁的点都被刻板者省略，后世读者便无法看出刘知几要删去哪些字。刘氏的原则是删去没用的字，而语义毫无损伤、改变，并且只往下删，绝不增加任何一字。这种精神，是陈老师最为赞成的。屡次把这《点烦》篇中的例文印出来，让学生自己学着去删，结果学生们常把有用的字删去，而留下的却是废字废话。老师的秘书都怕起草文件，常常为了一两个字的推敲，能花费许多时间。

老师常说，人能在没有什么理由，没有什么具体事迹，也就是没有什么内容的条件下，作出一篇骈体文，但不能作出一篇散文。老师六十岁寿辰时，老师的几位老朋友领头送一堂寿屏，内容是要全面叙述老师在学术上的成就和贡献，但用什么文体呢？如果用散文，万一遇到措辞不恰当、不周延、不确切，挂在那里徒然使陈老师看着别扭，岂不反为不美？于是公推高步瀛先生用骈体文作寿序，请余嘉锡先生用隶书来写。陈老师得到这份贵重寿礼，极其满意，自己把它影印成一小册，送给朋友，认为这才不是空洞堆砌的骈文。还告诉我们，只有高先生那样富的学问和那样高的手笔，才能写出那样的骈文，不是初学的人所能"摇笔即来"的。才知老师并不是单纯反对骈体文，而是反对那种空洞无物的文章。

老师对于行文，最不喜"见下文"，他说，先后次序，不可颠倒。前边没有说明，令读者等待看后边，那么前边说的话根据何在？又很不喜在自己文中加注释，说，正文原来就是说明问题的，为什么不在正文中把问题说清楚？既有正文，再补以注释，就说明正文没说全或没说清。除了特定的规格、特定的条件必须用小注的形式外，应该锻炼在正文中就把应说的都说清。所以老师的著作中除《元典章校补》是随着《元典章》的体例有小注，以及《元秘史译音用字考》在木板刻成后又发现应加的内容，不得已刓改板面，出现一段双行小字外，一般文中连加括弧的插话都不肯用，更不用说那些

"注一""注二"的小注。但看那些一字一板的考据文章，并没有使人觉得缺什么该交代的材料出处，因为已都消化在正文中了。另外，老师也不喜用删节号，认为引文不会抄全篇，当然都是删节的；不衔接的引文，应该分开引用；引诗如果仅三句有用，那不成联的单句必然另引，绝不使它成为瘸腿诗。

用比喻来说老师的考证文风，既像古代"老吏断狱"的爰书，又像现代科学发明的报告。

七、诗情和书趣

陈老师的考证文章，精密严格，世所习见。许多人有时发生错觉，以为这位史学家不解诗赋。这里先举一联来看："百年史学推瓯北，万首诗篇爱剑南。"这是老师带有"自况"性质的"宣言"，即以本联的对偶工巧，平仄和谐，已足看出是一位老行家。其实不难理解，曾经应过科举考试的人，这些基本训练，不可能不深厚的。老师曾详细教导我关于骈文中"仄顶仄，平顶平"等韵律的规格，我作的那本《诗文声律论稿》中的论点，谁知道许多是这位庄严谨饬的史学考据家所传授的呢？

全面抗战前他曾说过，自己六十岁后，将卸去行政职务，用一段较长时间，补游未到过的名山大川，丰富一下诗料，多积累一些作品，使诗集和文集分量相称。不料战争突起，都成了虚愿。

老师现在存留的诗稿有多少,我不知道,一时也无从寻找。最近只遇到《司铎书院海棠》诗的手稿残本绝句七首,摘录二首,以见一斑:

十年树木成诗谶,劝学深心仰万松。

今日海棠花独早,料因桃李与争秾。

自注:万松野人著《劝学罪言》,为今日司铎书院之先声。"十年树木"楹帖,今存书院。

(功按:万松野人为英华先生的别号。先生字敛之,姓赫舍里氏,满族人,创"补仁社",即辅仁大学的前身。陈垣先生每谈到他时,总称他为"英老师"。)

西堂曾作竹枝吟,玫瑰花开玛窦林。

幸有海棠能嗣响,会当击木震仁音。

自注:尤西堂《外国竹枝词》:"阜成门外玫瑰发,杯酒还浇利泰西。""击木震仁惠之音",见《景教碑》。

(功按:利玛窦,明人以"泰西"作地望称之,又或称之为"利子"。《景教碑》即唐代《大秦景教流行中国碑》,今在西安碑林。)

又在1967年时,气氛正紧张之际,我偷着去看老师,老师口诵他最近给一位朋友题什么图的诗共两首。我没有时间抄录,匆匆辞出，只记得老师手捋胡须念："老夫也是农家子，书屋于今号励耘。"抑扬的声调，至今如在。

清末学术界有一种风气，即经学讲《公羊传》，书法学北碑。陈老师平生不讲经学，但偶然谈到经学问题时，还不免流露公羊学的观点；对于书法，则非常反对学北碑，理由是刀刃所刻的效果与毛笔所写的效果不同，勉强用毛锥去模拟刀刃的效果，必致矫揉造作，毫不自然。我有几首《论书绝句》，其中二首云：

题记龙门字势雄，就中尤属《始平公》①。
学书别有观碑法，透过刀锋看笔锋。

少谈汉魏怕徒劳，简牍摩挲未几遭。
岂独甘卑爱唐宋，半生师笔不师刀。

曾谬蒙朋友称赏，其实这只是陈老师艺术思想的韵语化罢了。

还有两件事可以看到老师对于书法的态度：有一位退位的大总统，好临《淳化阁帖》，笔法学包世臣。有人拿着他的字来问写得如何，老师答说写得好；问好在何处，老师回答是"连枣木纹都写出来了"。宋代刻《淳化阁帖》用的是枣木板子，后世屡经翻刻，越发失真。

---

① 全称《比丘慧成为亡父洛州刺史始平公造像题记》，简称《始平公造像》或《始公平》。——编者注

可见老师不是对北碑有什么偏恶，对学翻版的《淳化阁帖》，也是同样不赞成的。另一事是中华人民共和国成立前故宫博物院影印古代书画，常由一位院长题签，写得字体歪斜，看着不太美观。陈老师是博物院的理事，一次院中的工作人员拿来印本征求意见，老师说："你们的书签贴得好。"问好在何处，回答是："一揭便掉。"原来老师所存的故宫影印本上所贴的书签，都被揭掉了。

八、无价的奖金和宝贵的墨迹

辅仁大学有一位教授，在抗战胜利后出任北平市的某局长，从辅仁的教师中找他的帮手，想让我去管一个科室。我去向陈老师请教，老师问："你母亲愿意不愿意？"我说："我母亲自己不懂得，教我请示老师。"又问："你自己觉得怎样？"我说："我'少无宦情'。"老师哈哈大笑说："既然你无宦情，我可以告诉你：学校送给你的是聘书，你是教师，是宾客；衙门发给你的是委任状，你是属员，是官吏。"我明白了，立刻告辞回来，用花笺纸写了一封信，表示感谢那位教授对我的重视，又婉言辞谢了他的委派。我先拿着这封信去请老师过目，老师看了没有别的话，只说："值三十元。"这"三十元"到了我的耳朵里，就不是银圆，而是金圆了。

1963年，我有一篇发表过的旧论文，由于读者反映较好，修改补充后，将由出版单位作专书出版，去请陈老师题签。老师非常高兴，问我："你曾有专书出版过吗？"我说："这是第一本。"又问了这册的一些方面后，忽然问我："你今年多大岁数了？"我说："五十一岁。"老师即历数戴东原只五十四岁，全谢山五十岁，然后说："你好好努力啊！"我突然听到这几句上言不搭下语而又比拟不恰的话，立刻蒙住了，稍微一想，几乎掉下泪来。老人这时竟像一个小孩，看到自己浇过水的一棵小草，结了籽粒，便喊人来看，说要结桃李了。

现在又过了十七年，我学无寸进，辜负了老师夸张性的鼓励。

陈老师对于作文史教育工作的后学，要求常常既广且严。他常说作文史工作必须懂诗文，懂金石，否则怎能广泛运用各方面的史料。又说作为一个学者必须能懂民族文化的各个方面；作为一个教育工作者，常识更须广博。还常说，字写不好，学问再大，也不免减色。一个教师板书写得难看，学生先看不起。

老师写信都用花笺纸，一笔似米芾又似董其昌的小行书，永远那么匀称，绝不潦草。看来每下笔时，都提防着人家收藏装裱。藏书上的眉批和学生作业上的批语字迹是一样的。黑板上的字，也是那样。板书每行四五字，绝不写到黑板下框处，怕后边坐的学生看不见。写哪些字，好像都曾计划过的，但我却不敢问："您的板书还打草稿吗？"后来无意中谈到"备课"问题，老师说："备课不但要准备教什么，还要思考怎样教。哪些话写黑板，哪些话不用写。易懂的写了是浪费，不易懂的不写则学生不明白。"啊！原来黑板写什么，怎样写，老师确是都经过考虑的。

老师在名人字画上写题跋，看上去潇洒自然，毫不矜持费力，原来也一一精打细算，行款位置，都要恰当合适。给人写扇面，好写自己作的小条笔记，我就求写过两次，都写的小考证。写到最后，不多不少，加上年月款识、印章，真是天衣无缝。后来得知是先数好扇骨的行格，再算好文词的字数和哪行长哪行短。看上去一气呵成，谁知曾费如此匠心呢？

我在1964年至1965年，起草了一本小册子，带着稿子去请老师题签。这时老师已经病了，禁不得劳累。见我这一沓稿子，非看不可。但我知道他老人家如看完那几万字，身体必然支持不住，只好托词说还需修改，改后再拿来，先留下书名。我心里知道老师以后恐连这样的书签也不易多写了，但又难于先给自己订出题目，请老师预写。于是想出"启功丛稿"四字，准备将来作为"大题"，分别用在各篇名下。就说还有一本杂文，也求题签。老师这时已不能多谈话，我就到旁的房间去坐。不多时间，秘书同志举着一沓墨笔写的小书签来了，我真喜出望外，怎能这样快呢？原来老师凡见到学生有一点点"成绩"，都是异常兴奋的。最痛心的是这个小册子，从那年起，整整修改了十年，才得出版，而他老人家已不及见了！

现在我把回忆老师教导的千百分之一写出来，如果能对今后的教育工作者有所帮助，也算我报了师恩的千百分之一！我现在也将近七十岁了，记忆力锐减，但"学问门径""受用无穷""不对""不是""教师""官吏""三十元""五十岁"种种声音,却永远鲜明地在我的耳边回响。

老师逝世时,是1971年,那时还"祸害"横行,纵有千言万语,谁又敢见诸文字?当时私撰了一副挽联,曾向朋友述说,都劝我不要写出。现在补写在这里,以当"回向"吧!

依函丈卅九年,信有师生同父子;
刊习作二三册,痛余文字答陶甄!

平生风义兼师友
——怀龙坡翁

从前社会上学技艺的人有一句名言:"投师不如访友。"不难理解,"师道尊严","请教"容易,"探讨"不容易。其实在某些条件下,"请教"也不完全容易。老师没时间、不耐烦,老师对那个问题没兴趣,甚至没研究,怎能"请"得他的"教"呢!纯朋友又不然,"群居终日,言不及义",乃至"博弈饮酒",哪还有时间讨论技艺、学问呢?只有益友、畏友、可敬的朋友、可师的朋友,才可算是"不如访友"的友,也就是谊兼师友的友。

我在二十一二岁"初出茅庐"时,第一位相识的朋友是牟润孙先生,比我长四岁;第二位是台静农先生,比我长十岁。与牟先生在一起,也曾饮酒、谈笑,谁又知道,他在这种时候,也常谈学术问题。他从老师那里得来的只言片义,我正在不懂得,他甚至用村俗的比喻解剖一下,我便豁然开朗,这是友呢,是师呢?台先生则不然，他的性格极平易，即使在受到沉重打击之后，谈笑一如平常。宋朝范纯仁在被贬处见到客人来时，令仆人拿出两份被褥，他与客人对床而睡；明朝黄道周在逆境中不愿与客人谈话，便令客人下棋，客人不会，他说你就随便跟着我下棋子。不难比较，睡觉、下棋，多么黏滞；谈笑如常，又多么超脱！台先生对我也不是没有过有深意的指教，只是手段非常艺术。例如，面对一本书、一首诗、一件书画等，发出轻松的评论，当时听着还觉得"不过瘾"，日后回思，不但很中肯、很深刻，甚至是为我而发的耳提面命。以一些小事为例：

一次，台先生自厦门回到当时的北平接家眷，我在一个下午去看他，他正喝着红葡萄酒。以前他并不多喝酒，更不在非饭时喝酒，我幼稚地问他怎么这时喝酒，他回答了两个"真实不虚"的字："麻醉"。谁不知道，酒是麻醉剂，但是今天我才懂得了，当我沉痛得失眠时，愈喝浓酒愈清醒。近年听说台老喝酒，愈喝愈烈，大概是"量逐年增"吧！

当年一次牟先生问台先生哪家散文好，台先生答是《板桥杂记》。清初，余淡心感念沧桑，寄情于"醇酒妇人"，牟先生盛年纵酒，有时也蹈余氏行踪，不言而喻，举这本书，其意婉而多讽，岂是真论散文？

我写字腕力既弱，又受宗老雪斋翁之教，摹临赵松雪。台先生一次论起王梦楼的字，说道"侧媚"，我当时虽并不喜王梦楼的字，但对"侧媚"的评语,还不太理解。后来屡见台先生的法书,错节盘根,玉质金相,固足使我惊服,理解了王梦楼为什么侧媚,更理解了赵松雪当然也难逃挞伐。而他对于我临松雪的箴规,也就不待言了。做朋友,讲"温恭直谅",从这几事中可证字字无忝吧!像这样事理通达、心气和平的襟度,我在平生交游的人中,确实不多见。

去年托朋友带去我出版的一些拙作打油诗,那位朋友再来时告诉我:"台老说:他(指启功)还是那么淘气。"他给我写了一个手卷,临苏东坡的苏州寒食诗二首。

"自我来黄州,已过三寒食。年年欲惜春,春去不容惜……何殊病少年,病起头已白。""春江欲入户,雨势来不已,小屋如渔舟,濛濛水云里……那知是寒食,但感乌衔纸……也拟哭涂穷,死灰吹不起。"这是苏东坡,还是台龙坡?姑且不管,再看卷后还加跋说明,苏书真迹以重价归故宫收藏,所以喜而临写。我既笑且喜,赶紧好好装裱收藏,仿佛我比故宫还富了许多。

今年春天,台老托朋友带来他的论文集、法书集等三本书,都有亲笔题字,不是写"留念",而都是写"永念",字迹有些颤抖。我拿到的不是三本书,而是三块石头。不久在香港好友家给他通了电话,他是在病榻上接的电话,但声音气力都很充沛,我那三块石头,才由心中落到地上。

我衷心祝愿龙坡翁疾病速愈,福寿绵长!

忆先师吴镜汀先生

启功年十五，从贾羲民先生学画。年十九，经贾老师介绍入中国画学研究会，从吴镜汀先生问业。吴先生当时专宗王石谷，贾先生壁上挂有吴师所画小幅山水，蒙贾师手摘命临，并说："你没见过石谷画吧，要知此画与石谷无甚异处，如说有异处，即是去掉了石谷晚年战掣笔道的习气。"功当时虽曾从影印本中见过些王画，但还不能深入体会贾师的训导。

后来亲炙于吴师多年，多方面了解了吴先生画诣的来龙去脉，大致是十几岁从金北楼先生学画。金先生创办中国画学研究会，广收学员，并延请各科名宿协助辅导，如俞涤凡、萧谦中、贺履之、陈半丁诸先生，都常莅会，指授六法。后来金先生病逝，由周养庵先生继办，诸名宿多年高，或病逝（如俞先生），吴师遂主讲山水一科，造就人才，今年逾八十的，已五六家，若功这学不加进，有愧师门的，就不足数了。

先生对于持画求教的，没有不至诚指导，除非太荒唐幼稚的，莫不循循然顺其习性相近处加以指引。以功及身亲受的二三小事为例：功点苔总是乱七八糟，先生说，你别把苔点点在皴法笔道上，先把应加苔点处，擦染糊涂了，然后再在糊涂部分去点苔，必然格外醒目。又画松针总觉不够，而且层次不明，先生说，凡画松针，都用焦墨，画完如有必要，再加一些淡墨的，便既见苍劲，又有云烟了。有一次，画石青总嫌太重，先生说，你在里边加些石绿呀，果然青翠欲滴。同时又说，石绿不可往空白的山石面上涂，那样永远感觉不足，先在山石石面染上赭石以至草绿，再加石绿，即能有所衬托。诸如此类，不胜枚举。虽然可说属技法上的小节，但就是这类"小节"，你去问问手工艺人以及江湖画手，虽至亲好友，他肯轻易相告吗？

又在观看古代名画时，某件真假，先生指导，必定提出根据。画的关键处是笔法，各家都有各自的习惯特点。元明以来，流传得较多，常能看到。每见某件画是仿本时，先生指出后，听者如果不信，先生常常用笔在手边的乱纸上表演出来，某家的特点在哪里，而这件仿本不合处又在哪里，旁观者即便是未曾学画的人，也会啧啧称奇，感喟叹服。

朱季潢①先生哀辞

我的外祖家和朱先生的外祖家有着通家之谊，我母亲的伯祖（崇绮）是朱先生的外祖父（张仁黼）的科举座师。先母幼年和朱先生的母亲常在一起玩耍。两家小孩一同玩耍的友谊是最坚固、最友好的。我在几十年前，曾登堂拜见过朱伯母，那天我最难过，忍着眼泪，没敢掉出来，因为先母久已去世。

朱先生早年在辅仁大学国文系读书，多才多艺。能文，是文笔流畅；能武，是能演武生戏。从前许多文人都爱唱票戏，唱老生的多，唱旦角的少，唱武生的要有武术的基本功，所以，票友多不曾学过武术，也不敢擅动武生戏。

辅仁大学的文学院院长是沈兼士先生。沈先生是章太炎先生的

---

① 即朱家溍。

门生，是音韵学的专家，朱先生选修沈先生的课，这门功课，选修的人不多，因为太难。而朱先生却注意学习，我们觉得很奇怪，后来才明白，朱先生在上大学时，已酷爱京剧，专习武生，唱京戏讲究念白，有许多字都与古音韵有关，如何才能念对了使戏剧内行同意，也使音韵学家认可，恐怕票友中被尊为"好老"的"红豆馆主"（溥侗）也未必精通。而朱先生却能明白古今音理的变通，这中间的奥秘，恐怕多少"内外行"也未必说得透。

有一年，故宫在神武门城楼上辟出剧场，由博物院中的同人来演戏，朱先生主演《摘缨会》，那个武生的"短打"，边舞边唱，见真功夫。朱先生"举重若轻"地演了一场，观者满堂喝彩！这应不是任何武生票友都能演的，而是要有短打武功的真实本领。

朱先生的舅父张效彬先生，是一位收藏家，金石、书画、碑帖无所不收，也无所不懂。由于收藏金石、碑帖，编了一部汉文字的书。这是汉字自古至今的总汇，用的资料全是张老先生自家的收藏，老先生把说明文字的任务交给了朱先生，朱先生举重若轻，看了全稿，因为朱老先生（文钧）也是一位金石家，收藏了许多碑帖（后来都捐献给故宫了），所以朱先生对于金石文字，并非外行。可惜的是朱先生的这位老舅父做过驻苏联的二级领事，竟在"文化大革命"中死于冤狱，那本汉字稿本，也不知去向了。

朱先生的夫人是清代一位蒙古族的大学士（宰相）荣华卿（庆）的女儿，朱夫人的哥哥是一位旗下人的藏书世家，朱先生的祖父也是清代的一位中堂，所以他对于清代官僚的生活、规矩是很了解的。到了故宫，分配他管过图书，管过"宫史"，他都不外行，所以他写了许多书，大家读了都奇怪，说他怎么这些方面都能说得出，说得透。其实这并不奇怪呀！

现在朱先生已经千古了，我们在悲哀中也感到安慰，悲哀是人情，安慰是理智，朱先生的一生是有价值的！

肆

谈书说画。

由人顶礼由人骂

启功简明年谱（四）

1989年（己巳）78岁 《启功韵语》出版

1990年（庚午）79岁 《论书绝句一百首》等出版

1991年（辛未）80岁 设立"励耘奖学助学基金"以纪念陈垣

1997年（丁丑）86岁 题写北师大校训"学为人师，行为世范"

1999年（己卯）88岁 任中央文史研究馆馆长

2001年（辛巳）90岁 获文化部兰亭终身荣誉奖

2003年（癸未）92岁 当选西泠印社第六任社长

2004年（甲申）93岁 《启功讲学录》《启功口述历史》出版

2005年（乙酉）94岁 6月30日于北大医院逝世

⊙ 启功先生在书房

肆 谈书说画。由人顶礼由人骂

某人著书立说,可称为「某说」,如千家注杜诗,有「仇(兆鳌)说」「钱(谦益)说」等。

当年胡适曾套用之,自己戏称「胡说」。我是满族,满族在古代被泛称为「胡人」,因此我所讲所说可以称为「胡说」,而且是真正的胡说。我即故妄说之,诸位即故妄听之。

187

酒宴乐中之苦

亲朋在家置酒，殷勤相邀，本是大好事。然亦有足以致死之道四焉：

客未到齐时，主人家有人未归时，菜肴未熟时，主人未饥时，皆须等待，是曰等死；

不问客人前餐何时，客人饥肠辘辘，主人置若罔闻，是曰饿死；

上至山珍，下至野蔌，主人必一一介绍，如亲手烹调，更必以谦为讽。客人每箸必赞，犹未免隔靴搔痒，难到主人得意处，是曰夸死；

终席夸罢，早已舌敝唇焦。然后揣时间、窥颜色。主人留坐，是实是虚，客人出门，谁先谁后。及至到家一卧，力尽筋疲，不啻生入玉门关，是曰累死。

于是乃知漂母一饭，所以为千古奇恩者，正以其动心忍性，玉成国士，并不在胯下一出之下也。

然尚有待郑重声明者，诸亲朋高情赐饭，有不使我濒此四死者，不在此列。

偶阅《夷坚三志·己卷》第七载《善谑诗词》，中有《水饭词》云："水饭恶冤家，些小姜瓜，尊前正欲饮流霞，却被伊来刚打住，好闷人那。不免着匙爬，一似吞沙。主人若也要人夸。莫惜更揾三五盏，锦上添花。"乃知宋人虽以水饭享客，亦要人夸也。

学诗琐忆代序

我记得有一年,先祖抱我在膝上教我念诗,什么"隐隐飞桥"啦,什么"桃红宿雨"啦。那时刚知道自己是"四岁",后来我的姑姑常用小孩幼稚的语气念诗,问我"这是谁",我说"不知道",姑姑说"就是你啊"!回忆起来,当时的我哪句也没懂,只是记住腔调。年岁大些后,自己也会按那种腔调套着念别的诗,背诵得特别快,从此念起许多诗,这时已不能说全不懂了,但即使念那些不全懂或似懂非懂的诗时,也能感觉到它们很美!为什么?至今我还是不知道!

再后看别人作诗很羡慕,总想:"我什么时候也能作诗啊?"十几岁又学画,常听贾羲民老师说某人画得好,只是不通文理,题画诗中笑话很多,我又想"原来不能作诗的画家是会被人看低一等的"。接近二十岁左右时常向溥心畬先生请教画法,没想到每次见面,从来没谈过怎么画画,头一句总是"你作诗了吗?拿来看看!"虽然也没有给过我任何具体指导,教我怎么去作,或怎么作好,但是略有较好的句子，总是拿给座上的客人看，说："你看他这句怎样？"心畬先生的诗和书作，都受学于永光和尚，宗选体，五律学王孟和韦柳一派，七律学李商隐。永光是湖南人，诗是王壬秋的传授，所以先生的宗尚趣味可以想见。一次，我淘气地模拟他的风格写了一首五律，请他看，他一再问我："是你作的吗？"按常情说，一个作品被旁人怀疑不是自己作的，应该是一种可恼的事，都会想："你怎么看不起我？"但我这次却是暗中心喜，感到比正面夸好还要重得多。回忆这些事，又可证明无论搞什么，师友的影响、环境的熏陶实是不可缺少的。

玩物而不丧志

"玩物丧志"这句话，见于所谓伪古文《尚书》，好似"玩物"和"丧志"是有必然因果关系的。近代番禺叶遐庵先生有一方收藏印章，印文是"玩物而不丧志"。表面似乎很浅，易被理解为只是声明自己的玩物能够不至丧志，其实这句印文很有深意，正是说明玩物的行为，并不应一律与丧志联系在一起，更不见得每一个玩物者都必然丧志。

我的一位挚友王世襄先生，是一位最不丧志的玩物大家。"大家"二字，并非专指他名头高大，实为说明他的玩物既有广度，又有深度。

先说广度：他深通中国古典文学，能作古文，能写骈文，能作诗，能填词。外文通几国的我不懂，但见他不待思索地率意聊天，说的是英语。他写一手欧体字，还深藏若虚地画一笔山水花卉。喜养鸟、养鹰、养猎犬，能打猎；喜养鸽，收集鸽哨；养蟋蟀等虫，收集养虫的葫芦。玩葫芦器，就自己种葫芦，雕模具。制成的葫芦器，上有自己的别号，曾流传出去，被人误认为是古代制品，印入图录，定为乾隆时物。

再说深度：他对艺术理论有深刻的理解和透彻的研究，把中国古代绘画理论条分缕析，使得一向说得似乎玄妙莫测而且又千头万绪的古代论画著作，搜集爬梳，既使纷繁纳入条理，又使深奥变为显豁。读起来，那些抽象的比拟，都可以了如指掌。

王先生于一切工艺品不但都有深挚的爱好，而且都要加以进一步的了解，不辞劳苦地亲自解剖。所谓解剖，不仅指拆开看看，而是从原料、规格、流派、地区、艺人的传授等，无一不要弄得清清楚楚。为弄清楚，他常常谦虚地、虔诚地拜访民间老工艺家求教。因此，一些晓市、茶馆，黎明时民间艺人已经光临，他也绝不迟到，交下了若干行业中有若干项专长绝技的良师益友。"相忘江湖"，使得那些位专家对这位青年，谁也不管他是什么家世、学历、工作，更不用说有什么学问著述，而成了知己。举一个有趣的小例子：他爱自己炒菜，每天到菜市排队，有一位老庖师和他谈起话来说："干咱们这一行……"就这样把他真当成"同行"。因此也可见他的衣着、语言、对人的态度，和这位老师傅是如何地水乳，使这位老人不疑他不是"同行"。

王先生有三位舅父，一位是画家，两位是竹刻家。那位画家门生众多，是一位宗师；那两位竹刻家除留下刻竹作品外，只有些笔记材料，交给他整理。他于是从头讲起，把刻竹艺术的各个方面周详地加以叙述，并阐发亲身闻见于舅氏的刻竹心得，出版了那册《刻竹小言》，完善也首创了刻竹艺术的全史。

他爱收集明清木器家具，家里院子大、房屋多，家具也就易于陈设欣赏。忽然全家凭空被压缩到一小间屋中去住，一住住了十年。十年后才一间一间地慢慢松开。家具也由一旦全部被人英雄般地搬走，到神仙般地搬回，家具和房屋的矛盾是不难想象的。就是这样的搬走搬回，还不止一次。那么家具的主人又是如何把这宗体积大、数量多的木器收进一间、半间的"宝葫芦"中的呢？毫不神奇，主人深通家具制造之法，会拆卸，也会攒回，他就拆开捆起，叠高存放。因为怕再有"英雄""神仙"搬来搬去，就没日没夜地写出有关明式家具的专书，得到海内外读者的热烈喝彩。

最近又掏出尘封土积中的葫芦器，其中有的是他自己种出来的。制造器皿的过程是从画式样、旋模具起，经过装套在嫩小葫芦上，到收获时打开模子，选取成功之品，再加工镶口装盖以至髹漆葫芦器里子等。可以断言，这比亲口咀嚼"粒粒辛苦"的"盘中餐"，滋味之美，必有过之而无不及！现在和那些木器家具一样，免于再积入尘土，赶紧写出这部《说葫芦》专书，使工艺美术史上又平添出一部重要的科学论著。我们优先获得阅读的人，得以分尝盘中辛苦种出的一粒谷，其幸福欣慰之感，并不减于种禾的主人。

写到这里，不能不再谈王先生深入研究的一项大工艺，他全面地、深入地研究漆工的全部技术，不止如上说到的漆葫芦器里子。大家都知道，木器家具与漆工是密不可分的。王先生为了真正地、内行地、历史地了解漆工技术，我确知他曾向多少民间老漆工求教。众所周知，民间工艺家，除非是对自己可信的门徒，否则是绝不轻易传授秘诀的。也不必问王先生是否屈膝下拜过那些身怀绝技的老师傅，但我敢断言，他所献出的诚敬精神，定比有形的屈膝下拜高多少倍，绝不是向身怀绝艺的人颐指气使地命令说"你们给我掏出来"所能获得的。我听说过漆工中最难最高的技术是漆古琴和修古琴，我又知王先生最爱古琴，那么他研究漆工艺术是由古琴到木器，还是由木器到古琴，也不必询问了。他注解过唯一的一部讲漆工的书《髹饰录》。我们知道，注艺术书注词句易，注技术难，王先生这部《髹饰录解说》不但开辟了技术书注解的先河，同时也是许多古书注解所不能及的。如果有人怀疑我这话，我便要问他，《诗经》的诗怎么唱？《仪礼》的仪节什么样？周鼎商彝在案上哪里放？古人所睡是多长多宽的炕？而《髹饰录》的注解者却可以益然自得地傲视郑康成。这一段话似乎节外生枝，与葫芦器无关。但我要郑重地敬告读者：王世襄先生所著的哪怕是薄薄的一本小册子，内容讲的哪怕是区区一种小玩具，他所倾注的心血精力，都不减于对《髹饰录》的注解。

　　旧时社会上的"世家"中，无论为官的、有钱的、读书的，有所玩好，都讲"雅玩"。"雅"字不仅是艺术的观念，也是摆出身份的标准。"玩"字只表示是居高临下的欣赏，不表示研究。其实不研究的欣赏，没有不是"假行家"的；而"假行家"又"上大瘾"的，就没有不丧志的。怎样丧志？不外乎巧取豪夺，自欺欺人，从丧志沦为丧德。而王世襄先生的"玩物"，不是"玩物"而是"研物"；他不但不曾"丧志"而是"立志"。他向古今典籍、前辈耆献、民间艺师取得的和自己几十年辛苦实践相印证，写出了这些部已出版、未出版、将出版的书。可以断言，这一本本、一页页、一行行、一字字，无一不是中华民族文化的注脚，并不止《说葫芦》这一本！

故宫古代书画给我的眼福

谁都晓得，论起我国古代文物，尤其是古代书画，恐怕要属北京故宫博物院收藏的最为丰富了。它的丰富，并非一朝一夕凭空聚起的，它是清代乾隆内府的《石渠宝笈》所收为大宗的主要藏品。清高宗乾隆皇帝酷好书画，以帝王的势力来收集，从表面看来，似乎可以毫不费力，其实还是在明末清初几个"大收藏家"搜罗鉴定的成果上积累起来的。那时这几个"大收藏家"是河北的梁清标、北京的孙承泽、住在天津为权贵明珠办事的安岐和康熙皇帝的侍从文官高士奇。这四个人生当明末清初，趁着明朝覆亡，文物流散的时候，大肆搜罗，各成一个"大收藏家"。梁氏没有著录书传下来，孙氏有《庚子消夏记》，高氏有《江村消夏录》，安氏有《墨缘汇观》，这些家的藏品，都成了《石渠宝笈》的收藏基础。本文所说的故宫书画，即指《石渠宝笈》的藏品，后来增收的不在其内。

1924年时，宣统皇帝溥仪被逐出宫，故宫成立了博物院，后来经过点查，才把宫内旧藏的各种文物公开展览。宣统出宫以前，曾将一些卷册名画由溥杰带出宫去，转到长春，后来流散，又有一部分被收回，所以故宫博物院初建时的古书画，绝大部分是大幅挂轴。

我在十七八岁时从贾羲民先生学画，同时也由贾老师介绍并向吴镜汀先生学画，也看过些影印、缩印的古画。那时正是故宫博物院陆续展出古代书画之始，每月的一、二、三日为优待参观的日子，每人票价由一元钱减到三角钱。陈列品每月月初都有少部分更换。其他文物我不关心，古书画的更换、添补，最引学书画的人和鉴赏家们的极大兴趣。这时候，我的老师常常率领我和同学们去参观。有些前代名家在著作中和画上题跋中提到过某某名家，这时居然见到真迹，真不敢相信这就是我曾听到名字的那些古人的作品。只曾闻名，连仿本都没见过的，不过惊诧"原来如此"。至于曾看到些近代名人款识中所提到的"仿某人笔"，这时真见到了那位"某人"自己的作品，反倒发生奇怪的疑问，眼前这件"某人"的作品，怎么竟和"仿某人笔"的那种画法大不相同，尤其和我曾奉为经典的《芥子园画谱》中所标明的某家、某派毫不相干？是我眼前的这件古画不真，还是《芥子园画谱》和题"仿某人"的画家造谣呢？后来很久很久才懂得，《芥子园画谱》作者的时代，许多名画已入了几个藏家之手，近代人所题"仿某人"，更是辗转得来，捕风捉影，与古画真迹渺无关系。对这一层问题稍有理解之后，又产生了新疑问：明末的董其昌，确曾见过不少宋元名画，他的后辈王时敏、王原祁祖孙也是以专学黄子久（公望）著名的，在他们的著作中，在他们画上的题识中，看到大量讲到黄子久画风问题的话，但和我眼前的黄子久作品，怎么也对不上口径。请教于贾老师，老师也是董、王的信仰者，好讲形似和神似的区别，给我破除的疑团，只占百分之五十左右。"四王吴恽"（清代六大画家）中，我只觉得王翚还与宋元面目有相似处，但老师平日不喜王翚，我也不敢拿出王翚来与王原祁做比较论证了。这里要作郑重声明的：清末文人对古画的评鉴，至多到明代沈周、文徵明和董其昌为止，再往上的就见不着了。所以眼光、论点，都受到一定的时代局限，这里并非菲薄贾老师眼光狭窄。吴老师由王翚入手，常说文人画是"外行"画，好多年后才晓得明代所称"戾家画"就是此义。

这时所见宋元古画，今天已经绝大部分有影印本发表，甚至还有许多件"原大"①的影印本。现在略举一些名家的名作，以见那时眼福之富，对我震动之大。例如，五代董源的《龙宿郊民图》，赵幹的《江行初雪图》，巨然的《秋山问道图》，荆浩的《匡庐图》，关仝的《秋山晚翠图》，北宋范宽的《溪山行旅图》，郭熙的《早春图》，南宋李唐的《万壑松风图》，马远和夏圭的有款纨扇多件，元代赵孟頫的《鹊华秋色图》，高克恭的《云横秀岭图》，黄公望的《富

---

① 书法字帖在印刷中，为了排版需要，往往会对字帖中的字进行放大或缩小后再印刷。"原大"的意思是说该字帖的字迹与原作真迹或者原碑文的字迹一样大。

春山居图》等，都是著名的"巨迹"。每次走入陈列室中，都仿佛踏进神仙世界。由于盼望每月初更换新展品，甚至萌发过罪过的想法。其中展览最久、不常更换的要属范宽的《溪山行旅图》和郭熙的《早春图》，总摆在显眼的位置，当我没看到换上新展品时，曾对这两件"经典的"名画发出"还是这件"的怨言。今天得到这两件原样大的复制品，轮换着挂在屋里，已经十多年了，还没看够，也可算对那时那句怨言的忏悔。至于元明画派有类似父子传承的关系，看来比较易于理解。而清代文人画和宫廷应制的作品，已经没有什么吸引力了。

比故宫博物院成立还早些年的有"内务部古物陈列所"，是北洋政府的内务总长熊希龄创设的，他把热河清代行宫的文物运到北京，成立这个收藏陈列机构，分占文华、武英两个殿，文华陈列书画，武英陈列其他铜器、瓷器等文物。古书画当然比不上故宫博物院的那么多、那么好，但有两件极其重要的名画：一是失款夏圭画《溪山清远图》，一是传为董其昌缩摹宋元名画《小中现大》巨册。其他除元明两三件真迹外，可以说乏善可陈了。以上是当时所能见到宋元名画的两个地方。

至于法书如王羲之《快雪时晴帖》《奉橘帖》，孙过庭《书谱》、唐玄宗《鹡鸰颂》、苏轼《赤壁赋》、欧阳修《集古录跋尾》、米芾《蜀素帖》和宋人手札多件，现在这些名画、法书，绝大部分都已有了影印本，不待详述。

故宫博物院初建时的书画陈列，曾有一度极其分散，主要展室是钟粹宫,除了有些特制的玻璃柜可展出些立幅、横卷外,那些特别宽大或次要些的挂幅,只好分散陈列在上书房、南书房和乾清宫东庑北头转角向南的室内,大部分直接挂在墙上,还在室内中间摆开桌案,粗些的卷册即摊在桌上,有些用玻璃片压着,《南巡图》若干长卷横展在坤宁宫窗户里边,也没有玻璃罩。这在今天看来是不可思议的事,也足见那时藏品充斥、陈列工具不足的不得已的情况。

在每月月初参观时,常常遇到许多位书画家、鉴赏家老前辈,我们这些年轻人就更幸福了。随在他们后面,听他们的品评、议论,增加我们的知识。特别是老辈们对古画真伪有不同意见时,更能激起我们的求知欲。随后向老师请教谁的意见可信,得到印证。《石渠》所著录的古书画固然并不全真,老辈鉴定的意见也不是没有参差,在这些棱缝中,锻炼了我自己思考、比较以及判断的能力,这是我们学习鉴定的初级的,也是极好的课堂。

不久博物院出版了《故宫周刊》,就获得一些古书画的影印本。《故宫周刊》是画报的形式,影印必然是缩小的,但就如此的缩小影印本,在见过原本之后的读者看来,竟能唤起记忆,有个用来比较的依据。继而又出了些影印专册,比起《故宫周刊》上的缩本,又清晰许多,使我们的眼睛对原作的认识更进了一步。

岁月推移,全面抗战开始,文华殿、钟粹宫的书画,随着大批的文物南迁,幸而没有遇见风险损失,现在藏于祖国的另一省市。抗战胜利后,长春流散出的那批卷册,又由一些商人贩运聚到北京。

故宫博物院又召集了许多位老辈专家来鉴定、选择、收购其中的一些重要作品。这时我已届中年，并蒙陈垣先生提挈到辅仁大学教书，做了副教授，又蒙沈兼士先生在故宫博物院中派我一个专门委员的职务，具体做两项工作：在文献馆看研究论文稿件，在古物馆鉴定书画。那时文献馆还增聘了几位专门委员：王之相先生翻译俄文老档，齐如山先生、马彦祥先生整理戏剧档案，韩寿萱先生指导文物陈列，每月各送六十元车马费。我看了许多稿子之外，还获得参与鉴定收购古书画的会议。在会上不仅饱了眼福，还可以亲手展观翻阅，连古书画的装潢制度，都得到进一步的了解，同时又获闻许多老辈的议论，比若干年前初在故宫参观书画陈列时的知识，不知又增加了多少。

第一次收购古书画的鉴定会是在马衡先生家中。出席的有马衡先生（故宫博物院院长）、陈垣先生（故宫博物院理事、专门委员）、沈兼士先生（故宫博物院文献馆馆长）、张廷济先生（故宫博物院秘书长）、邓以蛰先生、张大千先生、唐兰先生。这次所看书画，没有什么出色的名作，只记得收购了一件文徵明小册，写的是《卢鸿草堂图》中各景的诗，与今传的《草堂图》中原有的字句有些异文，买下以备校对。又一卷祝允明草书《离骚》卷，第一字"离"字草书写成"鸡"，马先生大声念"鸡骚"，大家都笑起来，也不再往下看就卷起来了。张大千先生在全面抗战前曾到溥心畬先生家共同作画，我在场侍立获观，与张先生见过一面。这天他见到我还记得很清楚，便说："董其昌题'魏府收藏董元画天下第一'的那幅山水，我看是赵幹的画，其中树石和《江行初雪》完全一样，你觉得如何？"我既深深佩服张先生的高明见解，更惊讶他对许多年前在溥先生家中只见过一面的一个青年后辈，今天还记忆分明，且忘年谈艺，实有过于常人的天赋。我曾与谢稚柳先生谈起这些事，谢先生说："张先生就是有这等的特点，不但对古书画辨解敏锐，过目不忘，即对后学人才也是过目不忘的。"又见到一卷缂丝织成的米芾大字卷，张先生指给我看说："这卷米字底本一定是粉笺上写的。"彼此会心地一笑。（按：明代有一批伪造的米字，常是粉笺纸上所写，只说"粉笺"二字，一切都不言而喻了）这次可收购的书画虽然不多，但我所受的教益，却比可收的古书画多多了！

第二次收购鉴定会是在故宫绛雪轩，这次出席的人较多了。上次的各位中，除张大千先生没在本市外，又增加了故宫图书馆馆长袁同礼先生和胡适先生、徐悲鸿先生。这次所看的书画件数不少，但绝品不多。只有唐人王仁昫写《刊谬补缺切韵》一卷，不但首尾完整，而且是"旋风叶"的装订形式，在流传可见的古书中既未曾有，敦煌发现的古籍中也没有见到，不但这书的内容可贵，而且它的装订形式也是一个孤例。其次，米芾的三帖合装卷，三帖中首一帖提到韩幹画马，所以又称《韩马帖》。卷后有王铎一通精心写给藏者的长札，表示他非常惊异地得见米书真迹。这手札的书法已是王氏书法中功夫很深的作品，而他表示似是初次见到米芾真迹，足见他平日临习的只是法帖刻本了。赵孟頫说:"昔人得古刻数行,专心学之,便可名世。"(《兰亭十三跋》中一条)我曾经不以为然,这时看王铎未见米氏真迹之前,其书法艺术的成就已然如此,足证赵氏的话不为无据,只是在"专心"与否罢了。反过来看我们自己,不但亲见许多古代名家真迹,还可得到精美的影印本,一丝一毫不隔膜,等于面对真迹来学书,而后写的比起王铎,仍然望尘莫及,该当如何惭愧!这时细看王氏手札的收获,真比得见米氏真迹的收获还要大得多。

再次,还有些书画,记得白玉蟾《足轩铭》外没有什么令人难忘的了。唯有一件夏昶的墨竹卷,胡适先生指给徐悲鸿先生看,问这卷的真假,徐先生回答:"像这样的作品,我们艺专的教师许多人都能画出。"胡先生似乎恍然地点了点头。至今也不知这卷墨竹究竟是哪位教师所画。如果只是泛论艺术水平,那又与鉴定真伪不是同一命题了。如今五十多年过去了,胡、徐两位大师也早已作古,这卷墨竹究竟是谁画的,真要成为千古悬案了。无独有偶,马衡院长是金石学的大家,在金石方面的兴趣也远比书画方面为多。那时也时常接收一些应归国有的私人遗物,有时箱中杂装许多文物,马先生一眼看见其中的一件铜器,立刻拿出来详细鉴赏。而有一次,有人拿去流散于东北的元人朱德润画《秀野轩图》卷,后有朱氏的长题,问院长收不收,马先生说:"像这等作品,故宫所藏'多得很'。"那人便拿走了。(后来这卷仍由文物局收到,交故宫收藏)后来我们一些后学谈起此事时偷偷地议论道：窑烧的瓷器、炉铸的铜器、板刻的书籍等都可能有同样的产品，而古代书画，如有重复的作品，岂不就有问题了吗？大家都知道，书画鉴定工作中容不得半点个人对流派的爱憎和个人的兴趣，但又是非常难于戒除的。

最后，虽仍时时有商人送到故宫的东北流散书画卷册，也有时开会鉴定，但收购不多，而多归私人收藏了。

中华人民共和国成立后，文物局成立，郑振铎先生任局长，王冶秋先生、王书庄先生任副局长，郑先生从上海请来张珩先生任文物处的副处长。这时商人手中的古书画已不能随意向国外出口，于是逐渐聚到文物局来。一次，在文物局办公的北海团城玉佛殿内，摊开送来的书画，这时已从上海请来谢稚柳先生，从杭州请来朱家济先生，不久又从上海请来徐邦达先生，几人共同鉴定。所鉴定的书画相当多，也澄清了许多"名画"的真伪问题。例如，梁楷的《右军书扇图》卷和倪瓒的《狮子林图》卷，都有过影印本，这时目验原迹，得知是旧摹本。

后来许多名迹、巨迹陆续出现，私人收藏的名迹，也多陆续捐献给国家。除故宫入藏之外，上海、辽宁两大博物馆，也各自入藏了许多《石渠宝笈》旧藏的著名书画。此外未经《石渠宝笈》入藏的著名书画也发现了不少，分藏在全国各博物馆。

《石渠宝笈》所藏古代书画，除流散到国外的，还有些尚未发现，如果不是秘藏在私人家中，大约必已沦于劫火；而国内私人所藏，经过十年动乱,幸存的可能也无几了。已发现的重要的多藏于故宫、辽宁、上海三大博物馆,散在其他较小的文物、美术机关的,便成了重要藏品。经过多次的、巡回的专家鉴定,大致都有了比较可靠的结论,但又出现了些微的新情况,即某些名迹成为重要藏品后,就不易获得明确结论,譬如某件曾经旧藏者题为唐代的书画,而经鉴定后实为宋代,这本来无损于文物的历史价值,却能引出许多麻烦。古书画的作者虽早已"盖棺",而他的作品却在今天还无法"论定"。后学在今天总论《石渠宝笈》名迹(包括《石渠宝笈》以外的名迹)的确切真伪,还有待几项未来的条件:(一)科学的鉴别技术,如电脑识别笔迹和特殊摄影技术;(二)全国收藏机关对于藏品不再有标为"重望"的必要时;(三)鉴定工作的发展和其他自然科学研究一样,后来的发明、补充、纠正如超过以前的成果,前后的科学家都不看作是个人的高低、得失,而真理愈明;(四)历史文献研究的广博深入,给古书画鉴定带来可靠的帮助。那时,古书画的真名誉、真面貌,必将另呈一番缤纷异彩!

我和荣宝斋

荣宝斋这个商店的字号，近百年中，和文化、艺术、教育、出版事业几乎是牢不可分的。它所经营的，除文具纸笔外，从价值千金的名人字画，到小孩描红的字模，无不尽有。

我尚在刚刚识字的时候，看见习字用的铜镇尺上两行刻字之下有"荣宝斋"字样，问我的祖父，得知是一个南纸店的名字。约在十四岁时，我自己第一次到琉璃厂买纸笔，看到荣宝斋墙壁上以及通道的较高处都挂满了名人字画。我虽不全懂得好在哪里，但那时的惊奇和喜爱的心情今天还记忆犹新。回来不时地向长辈夸说我这次的见闻，也提出我的问题，才知道琉璃厂一条街都是"文化用品"商店。清代各地来京应科举考试的人，都从这里得到参考书和笔墨文具。南纸店所挂的字画，有一般书画家的作品，也有大官僚、老翰林的笔迹。后者这些人当然不是专为卖钱，实在因为他们和这些文化商店打交道太久了，感情太深了，并且以自己的笔迹能在这里挂出为荣。"荣名为宝"的荣宝斋，就光荣地掌握着这样的权威过了近百年！

我无论是青年时从上学到辍学，还是年长后过着边教书边卖画的生涯，直到今天，都从来没有和琉璃厂中断过联系。如果说书店是我的"开架图书馆"，那么荣宝斋便是我的"艺术博物馆"。我从它的墙壁上学到许多有关书画方面的知识和技能，又在它的座位间见到许多前辈名家，听到他们许多教导和鼓励。

从我开始到荣宝斋来，至今已五十四年了。这中间荣宝斋也经历了无限沧桑，社会动乱、民族灾难，纷至沓来，而它却屹然未垮。在旧社会固然有资本家为利润而努力经营的因素，更重要的是广大人民对文化艺术的客观要求，撑着它生存下来。

中华人民共和国成立后，荣宝斋的事业也获得了新的生命。由私营到合营再到国营，由三间门面到一大排陈列室和营业室。木版水印品，由小块花笺到长卷的《夜宴图》《簪花图》和巨幅挂轴《踏歌图》。书画用品，由每天售出无数的纸笔，到时常脱销和好宣纸供不应求。它的声望，由琉璃厂中的一家南纸店，到世界知名几乎和各地古迹相等的文化名胜。在这里不但可以看到国有企业的成就和气魄，也可以听到拨乱反正以来文化事业发展的脉搏。

我自己，从当年在荣宝斋拿了几元钱卖画的所谓"润笔"，出门来又送进书店，抱着几本书回家去的情形，到今天亲眼见到我的笔迹赫然挂在中堂之上。这怎能不感谢人民给我的荣誉，怎能不感谢这个曾起过导师作用的"艺术博物馆"！

今当新生的荣宝斋三十周年纪念时,我对这有三十年新交谊,又曾有二十四年旧交谊的荣宝斋,岂可无一言为祝!因此写出回忆中的片段和说不尽的感受,聊当我的颂词。还想借此一寸的纸面,敬告爱好艺术的青年,今天的学习条件是多么的方便,又是多么的珍贵啊!

我心目中的郑板桥

《书法丛刊》要出一辑郑板桥的专号，编辑同志约我写一篇谈郑板桥的文章。不言而喻，《书法丛刊》里的文章，当然是要谈郑板桥的书法。但我的腔子里所装的郑板桥先生，却是一大堆敬佩、喜爱、惊叹、凄凉的情感，如同一个盛满各种调料的大水桶，钻一个小孔，水就不管人的要求，酸甜苦辣一齐往外流了。

我在十几岁时，刚刚懂得在书摊上买书，看见一小套影印的《郑板桥集》，底本是写刻的木板本，作者手写的部分，笔致生动，有如手迹，还有一些印章，也很像钤印上的，在我当时的眼光中，竟自是一套名家的字帖和印谱。回来细念，诗，不懂的不少；词，不懂句读，自然不懂的最多。读到《道情》，就觉得像作者亲口唱给我听似的，不论内容是什么，凭空就像有一种感情，从作者口中传入我的心中。我当时仅是十几岁的孩子，没经历过社会上的机谋变诈，但在祖父去世后，孤儿寡母的凄凉生活，也有许多体会。虽与《道情》所唱，并不密合，不知什么缘故，曲中的感情，竟自和我的幼小心灵融为一体。及至读到《家书》，真有几次偷偷地掉下泪来。我在祖父病中，家塾已经解散，只在邻巷亲戚的家塾中附学，祖父去世后，又在另一家家塾中附学，我深尝附学学生的滋味。《家书》中所写家塾主人对附学生童的体贴，例如看到生童没钱买川连纸做仿字本，要买了在"无意中"给他们，这"无意中"三字，有多么精深巨大的意义啊！我稍稍长大些，又看了许多笔记书中所谈先生关心民间疾苦的事，和做县令时的许多政绩，但他最后还是因擅自放赈，被罢免了官职。前些年，有一位同志谈起郑板桥和曹雪芹，他都用四个字概括他们的人格和作品，就是"人道主义"，在当时哪里敢公开地说，更无论涉及板桥的清官问题了。

及至我念书多些了，拿起《板桥集》再念，仍然是那么新鲜有味。有人问我："你那样爱读这个集子，它的好处在哪里？"我的回答是"我懂得"，这时的"懂得"，就不只是断句和典故的问题了。对这位不值得多谈的朋友，这三个字也就够了，他若有脑子，就自己想去吧！又有朋友评论板桥的诗词，多说"未免俗气"，我也用"我懂得"三字说明我的看法。

板桥的书法，我幼年时在一位叔祖房中见一副墨拓小对联，问叔祖"好在哪里"，得到的解说有些听不懂，只有一句至今记得是"只是俗些"。大约板桥的字，在正统的书家眼里，这个"俗"字的批评，当然免除不了，受正统书家评论的影响，在社会上非书家的人，自然也会"道听途说"，于是板桥书法与那个"俗"字便牢不可分了。

平心而论，板桥的中年精楷，笔力坚卓，章法连贯，在毫不吃力之中，自然、轻松地收到清新而严肃的效果。拿来和当时张照以下诸名家相比，不但毫无逊色，还让观者看到处处是出自碑帖的，但谁也指不出哪笔是出于哪种碑帖。乾隆时的书家，世称"成刘翁铁"，成王的刀斩斧齐，不像写楷书，而像笔笔向观者"示威"；刘墉的疲惫骄蹇，专摹翻版阁帖，像患风瘫的病人，至少需要两人挽扶走路，如一撒手，便会瘫坐在地上。翁方纲专摹翻版《化度寺碑》①，他把真唐石本鉴定为宋翻本，把宋翻本认为才是真唐石。这还不算，他有论书法的有名诗句说"浑朴常居用笔先"，真不知笔没落纸，怎样已经事先就浑朴了呢？所以翁的楷书，每一笔都不见毫锋，浑头浑脑，直接看去，都像用蜡纸描摹的宋翻《化度寺碑》，如以这些位书家为标准，板桥当然不及格了。

板桥的行书，处处像是信手拈来的，而笔力流畅中处处有法度，特别是纯连绵的大草书，有点画，见使转，在他的各体中最见极深、极高的造诣，可惜这种字体的作品流传不多。特别值得一提的是他批县民的诉状时，无论是处理什么问题，甚至有时发怒驳斥上诉人时，写的批字，也毫不含糊潦草，真可见这位县太爷负责到底的精

---

① 全称《化度寺故僧邕禅师舍利塔铭》。

神。史载乾隆有一次问刘墉对某一事的意见，刘墉答以"也好"二字，受到皇帝的申斥，设想这位惯说"也好"的"协办大学士"（相当于今天的副总理）去当知县，他的批语会这样去写吗？

我曾作过一些《论书绝句》，曾说："刻舟求剑翁北平，我所不解刘诸城。"又说："坦白胸襟品最高，神寒骨重墨萧寥。朱文印小人千古，二十年前旧板桥。"任何人对任何事物的评论，都不可能毫无主观的爱憎在内。但客观情况究竟摆在那里，所评的恰当与否，尽管对半开、四六开、三七开、二八开、一九开，但终究还有评论者的正确部分在。我的《论书绝句》被一位老朋友看到，写信说我的议论"可以惊四筵而不可以适独坐"，话很委婉，实际上是说我有些哗众取宠，也就是说板桥的书法不宜压过翁、刘，我当然敬领教言。今天又提出来，只是述说有过那么几句拙诗罢了。

板桥的名声，到了今天已经跨出国界。随着中国的历代书画艺术受到世界各国艺术家和研究者的重视，一位某代的书画家，甚至某家一件名作，都会有人拿来作为专题加以研究，写出论文，传播于世界，板桥先生和他的作品当然也在其中。我曾在拙作《论书绝句》中赞颂板桥先生的那首诗后，写过一段小注，这是我对板桥先生的认识和衷心的感受。现在不避读者赐以"炒冷饭"之讥，再次抄在下边，敬请读者评量印可：

二百数十年来，人无论男女，年无论老幼，地无论南北，今更推而广之，国无论东西，而不知郑板桥先生之名者，未之有也。先生之书，结体精严，笔力凝重，而运用出之自然，点画不取矫饰，平视其并时名家，盖未见骨重神寒如先生者焉。

当其休官卖画，以游戏笔墨博醯贾之黄金时，于是杂以篆隶，甚至谐称为六分半书，正其嬉笑玩世之所为，世人或欲考其余三分半书落于何处，此甘为古人侮弄而不自知者，宁不深堪悯笑乎？

先生之名高，或谓以书画，或谓以诗文，或谓以循绩，吾窃以为俱是而俱非也。盖其人秉刚正之性，而出以柔逊之行，胸中无不可言之事，笔下无不易解之辞，此其所以独绝今古者。

先生尝取刘宾客诗句刻为小印，文曰："二十年前旧板桥。"觉韩信之赏淮阴少年，李广之诛灞陵醉尉，甚至项羽之喻衣锦昼行，俱有不及钤此小印时之躁释矜平者也。

板桥先生达观通脱，人所共知，自己在诗集之前有一段小叙云："板桥诗文，最不喜求人作叙。求之王公大人，既以借光为可耻；求之湖海名流，必至含讥带讪，遭其荼毒而无可如何，总不如不叙为得也。"多么自重自爱！但还免不了有些投赠之作。但观集中所投赠的人，所称赞的话，都是有真值得他称赞的地方。绝没有泛泛应酬的诗篇，即如他对袁子才，更是真挚地爱其才华，见于当时的一些记录。出于衷心的佩服，自然不免有所称赞，才有投赠的诗篇。但诗集末尾，只存两句："室藏美妇邻夸艳，君有奇才我不贫。"

这又是什么缘故？袁氏①《随园诗话》卷九有一条云："兴化郑板桥作宰山东，与余从未识面。有误传余死者，板桥大哭，以足蹋地，余闻而感焉……板桥深于时文，工画，诗非所长。佳句云：'月来满地水，云起一天山。'……"佳句举了三联，却说诗非所长，这矛盾又增加了我的好奇心。1963年在成都四川省博物馆见到一件板桥写的堂幅，是一首七律，云：

晨兴断雁几文人，错落江河湖海滨。抹去春秋自花实，逼来霜雪更枯筠。女称绝色邻夸艳，君有奇才我不贫。不买明珠买明镜，爱他光怪是先秦。

（款称："奉赠简斋老先生正，板桥弟郑燮。"）

按："女称绝色"原是比喻，衬托"君有奇才"的。但那时候人家的闺阁中人是不许可品头论足的。"女称绝色"，确易被人误解是说对方的女儿。再看此诗，也确有许多词不达意处，大约正是孔子所说"有所好乐，则不得其正"的。"诗非所长"的评语大概即指这类作品，而不是指"月来满地水"那些佳句。可能作者也有所察觉，所以集中只收两句，上句还是改作的。当时姜滕可以赠

---

① 即袁枚（1716-1798），清文学家，字子才，号简斋、随园，浙江钱塘（今杭州）人。乾隆年间进士，授翰林院庶吉士，历任溧水、江浦、沭阳、江宁知县，辞官后侨居江宁，筑园林于小仓山。下文简斋老先生、袁子才都是指袁枚。

给朋友，夸上几句，是与夸"女公子"有所不同的。科举时代，入翰林的人，无论年龄大小，都被称老先生，以年龄论，郑比袁还大二十二岁，这在今日还是须解释一下的。

还有一事，也是袁子才误传的。《随园诗话》卷六一条云："郑板桥爱徐青藤诗，尝刻一印云：'徐青藤门下走狗郑燮。'"又云："童二树①亦重青藤，《题青藤小像》云：'尚有一灯传郑燮，甘心走狗列门墙。'"其后有几家的笔记都沿袭了这个说法。今天我们看到了若干板桥书画上的印章，只有"青藤门下牛马走"一印。"牛马走"是司马迁自己的谦称，他既承袭父亲的职业，做了太史令，仍自谦说只是太史衙门中的一名走卒，板桥自称是徐青藤门下的走卒，是活用典故，童钰诗句，因为这个七言句中，实在无法嵌入"牛马走"三字。而袁氏即据此诗句，说板桥刻了这样词句的印章，可说是未达一间。对于以上二事，我个人的看法是：板桥一向自爱，但这次由于爱才心切，主动地对"文学权威"、翰林出身的袁子才作了词不达意的一首诗，落得了"诗非所长"，又被自负博学的袁子才误解"牛马走"为"走狗"，这就不能不说板桥也有咎由自取之处了。袁子才的诗文，我们不能不钦佩，他的处世方法，也不能说"门槛不精"。他对两江总督尹继善，极尽巴结之能事，但尹氏诗中自注说"子才非请不到"，两相比较，郑公就不免天真多于世故了。

① 童二树，即童钰，清代画家，山阴（今浙江绍兴）人，"越中七子"之一。

清代时政及扬州文化

我对扬州很向往、很留恋,到这儿来都有些舍不得走,有几个地方我特别去看过。去年5月2日我到高邮去看了王念孙先生的故居。昨天又特别到了汪中先生的墓地。这都是我最敬仰、最钦佩的人,从小就读他们的著作,念他们的文章,所以到了王氏父子的故居,觉得有特别的情感,到了汪中先生的墓地,还恭敬地鞠了三个躬。有朋友问我:"你到那儿为什么这么恭敬?"我说,那是祖师爷,是我们所学东西的祖师爷。

我是民国元年(1912年)生的,清朝的事我一点儿也没经历,知道的都是从书本上学来的。1971年,我从北京师范大学借调到中华书局,参与标点《二十四史》和《清史稿》,这才略微知道一点儿清朝的事情,受益很多。我觉得,要了解清朝的历史、习惯、文化、武功,还是多看原书比较好。我是个满人,是东胡人,胡人所说,岂不是地道的胡说?接下来我就胡说一点我的一知半解。

1952年,周总理在怀仁堂做思想改造的启发报告。总理说康雍乾三代是清朝最繁盛的时代，我们不能不感谢清朝，因为正是康雍乾三代把中国的疆域奠定了，所以我们感谢那三代的文治武功。假定康雍乾三代的统治者还在，能听到周总理的话，一定很自豪。我们知道康雍乾三代是清朝最盛的时期，但据我看，这三代是不一样的。康熙处于清朝入关后的初期，受他祖母即顺治的生母、后来所谓孝庄文皇后的教导。顺治时，多尔衮当时俨然是皇帝的样子，发布命令，被称为"皇叔摄政王"，太后后来下嫁多尔衮。这种事情在少数民族很平常，父亲死了，父亲的小太太就归儿子管，儿子就继承父亲娶这个小太太。太后下嫁后，多尔衮又被尊为"皇父摄政王"。最后，多尔衮跑到漠北，即今蒙古国一带①，死在了那儿。只有一个盒子被带回来，里面装着他的衣服和骨灰。顺治死后是火化，也是少数民族的习惯。顺治死后，接下来就是康熙。顺治给康熙安排了四个辅政大臣，他们明争暗斗，最后只剩下鳌拜。康熙 14 岁时②，身边有几个小厮（陪他游戏玩耍的小孩子），在接见鳌拜时，康熙让小厮们把鳌拜撂倒了，捆了起来，鳌拜一开始以为是小孩闹着玩的，但没想到自己被制服了。康熙命令把鳌拜交刑部，鳌拜就这样被交给刑部了。这哪能是年少的康熙自己的主意，事实上都是祖母在后

---

① 据史料，顺治七年（1650 年），多尔衮于行猎途中死于古北口外喀喇城（在今河北承德双滦区滦河镇）。

② 此处原文为"康熙八岁时"。按康熙擒鳌拜发生在康熙八年（1669 年），此处作者所记有误。

面指挥着。康熙对汉文化很熟悉，他一边托着程朱理学，一边托着天主教的教义。他有许多儿子都入了天主教，其中一个儿子有一些学术论著，思想全是天主教的。但后来康熙对教皇的许多教条不满，觉得不应该受罗马教皇的凌驾，于是就去祭孔子、拜孔陵，同时跟罗马教皇切断了关系。不过康熙并不是完全不吸收西方的先进科学知识。康熙为了学习西方的东西而跟西方传教士学外语，他通过用满文译音来了解外语。曹寅（曹雪芹的祖父）病了，发疟疾，他批了个上谕，说你应该吃金鸡纳霜，而这个"金鸡纳"就是用满文拼出来的。康熙让传教士每天都在身边候着，不能随便走动，皇帝什么时候有事情就叫他们。康熙兼收并蓄，一手托着从西方传教士传来的西方的常识理论，一手托着程朱理学，最后才把西方的扔掉，拜谒孔陵。当时，许多明朝遗民都到南京谒明孝陵，比如顾炎武平生谒了七次明孝陵，寄托其复国的想法。然而康熙重用的文臣中有很多都是明朝遗民中的大学者，顾炎武先生是其中的代表。康熙说，你们都谒明孝陵，那我也去谒明孝陵。康熙去谒明孝陵时题了一个碑，说明太祖的政治高于唐宋。这一来，拜明孝陵的汉族文臣对康熙尊重得不得了，给他上了一个谢表，说皇帝肯于泯除朝代的区别，泯除皇帝的尊严，到明孝陵去叩头、拜祭，我们非常感谢。康熙就说，你们还站在明朝立场对我称谢，干什么呢？你们本来就是我的大臣。弄得递谢表的人很尴尬。所以从康熙四十年（1701年）以后，汉臣就对康熙完全相信、服从了。康熙时期也有文字狱，但并不很严重。

到了雍正时，他怕他的弟兄夺他的皇位，谁要是拥护雍正的弟兄，雍正就会迁怒，要把他们除掉。不过总的来讲，当时的范围还比较小。到了乾隆就不然了。乾隆常常对满族文臣讲，你们不要沾染了汉习。其实，乾隆自己是最沾染汉习的。他在乾隆三十七年（1772年）下令开始修《四库全书》。最好的《四库全书》在热河文津阁，就是现在国家图书馆收藏的这一部，是最完整的，文字是最正宗的。乾隆修《四库全书》时，白莲教已经兴起，所以乾隆时期的文字狱超出了民族矛盾的范围，乾隆认为哪句话不好，就杀人，并且还凌迟。清代文字狱在乾隆三十七年以后越来越厉害，因为他感觉到自己地位不稳了。康熙四十年后，康熙的地位特别稳，大家对他特别尊重；但乾隆末期形势却是很坏、很差的。

康雍乾三朝合起来算是清朝最好的时期。分开来说，康熙是一代，雍正是一代，乾隆前边还好，后来就很庸了，完全任用和珅。康雍乾正好分为三个阶段，时间不同，结果也不同，这也很自然。时代不同了，还用旧的办法统治，没有不坏的。变化是必然的，但变好变坏不一样。

到扬州来，我觉得清朝的学术以扬州最盛。明朝以前，福建泉州是中国同东南亚往来最重要的港口，清朝以来，运河运粮运盐，扬州成为泉州以后最大的经济中心。乾隆后期，修《四库全书》后，他对汉文化很熟悉了，就提倡汉文化。当时像钱大昕，不只研究汉学，还懂蒙古文，研究元朝的历史、书籍，是乾隆时期了不起的大学者。

钱大昕发现了戴震，把他吸收到了四库馆里，戴震有许多著作就是在那时候完成的。和戴震同时期最有名的是王念孙（高邮人）。王念孙的儿子叫王引之，官至工部尚书。嘉庆时，王念孙被派到广东做学政，学政是肥差，学生拜见老师都是要送"知敬"（红包）的。当时有名的还有汪中，稍后一点儿是阮元（做到太傅）。还有焦循、江藩，都是扬州人。扬州人主要是运米运粮的，再就是做盐商。扬州盐商向来被认为不懂文化，当然，研究古典上，盐商未必比得起那些学者，但是盐商中也有很优秀的人，比如个园的黄至筠是盐商少爷，请许多文人到他家编《汉学堂丛书》。一个盐商请若干学者在他们家作馆（即在家谈论一些事情），并写一些东西，同时帮助他儿子念书，刻出了很多本的《汉学堂丛书》，这是很不容易的。另外，还有马氏兄弟的小玲珑山馆，藏书极多，影响很大。清朝有许多人挖苦盐商，其实是很不公道的。很多盐商是很尊重文人的，现在有些人用乾隆、嘉庆时期扬州盐商的办法，请许多人来写东西，但扬州盐商只是刻书而没有写上自己的名字，算成自己的著作；而现在有些人等书写完了就署上自己的名字，当成自己的著作，其实并不是他自己写的东西。在这一点上，现在的许多人还不如扬州盐商。

扬州交通发达、经济繁荣，汇集了不少外地来的文化人。有许多画家，如"扬州八家"，他们画得稍微放纵了一点儿，如金农、郑板桥等，画法很高明。其中有的是扬州人，有的不是扬州人，像郑板桥是兴化人，金农是杭州人，但他们都到扬州来活动、卖画。他们的画都有特殊风格，正统画法的人都觉得他们比较怪，所以称他们为"扬州八怪"。事实上，现在看来，比"扬州八怪"怪得多的人不知其数。清朝乾隆以后最重要的文化全在扬州，像王念孙、汪中、焦循、江藩等人就云集于此。

康熙尽力收罗人才，包括使用贰臣，也就是那些曾经做过明朝臣子后来又愿做清朝臣子的人。而乾隆却修《贰臣传》《逆臣传》，因为白莲教已经起来了，他感觉到政权有波动的危险，便极力镇压对清朝不利的人，所以修《贰臣传》《逆臣传》。明朝的举人进士又到清朝做官的都算作贰臣，逆臣就是反叛，即投降了又抵抗的人，像"三藩"（孔有德、吴三桂、尚可喜）等人。孔有德死了，吴三桂被讨平了，尚可喜还保留着。直到清朝结束，尚家人还把尚可喜称为"尚王"，可见清朝对他一直是尊崇的，而实际上他已没有实力了，什么事都不管。

清朝到了后来，在学问方面有一个大问题，文人之间常会有些矛盾，有些人不明事理，只会跟着某个人的观点走，缺乏自主思考。清朝初年有个袁枚，学问、作品非常高明，他有个论断，说"六经"都是史料，像《尚书》不能说是完整历史，但都是史料，但他这一观点在当时没人理会。结果后来有个叫章学诚的，说"六经皆史也"，大家就说章学诚了不起，可这些话袁枚早已说过（袁枚在嘉庆初年就死了）。近代有个钱穆先生（后来死在中国台湾），他说，清朝学术三百年历史,章学诚了不起,并把袁枚、汪中等列入其附属,说他们受了章学诚的影响。实际上,袁枚的年代比章学诚早得多,他怎么能受章学诚的影响?袁枚就这样被压下去。钱穆不在了,他的学生余英时也很尊重章学诚,他有个更奇怪的说法是戴震到过扬州,于是也受了章的影响。章学诚有个《章氏遗书》,木刻的,余嘉锡先生在《余嘉锡学术论文集》里,详细地批了《章氏遗书》,说里面的可笑的错误多极了。

扬州是清朝的文化、经济的一个枢纽。李斗作《扬州画舫录》,虽说讲的是坐船游山玩水,事实上是写扬州的经济和文化,但他写扬州文化还不够深入,我觉得现在应该到了写一本《扬州对清朝文化的影响》的时候了。清朝的文化不但是书本的文化,就连写字画画如"扬州八家",都是有创新精神的。现在我们应该创新,书画要创新,不要被古人的套子圈住,不要被古人的套子勒死,金农、罗聘、郑板桥这些人很有创新的见解。"文化大革命"前,北京有一位邓拓,做《人民日报》总编。他喜欢书画,说"扬州八怪"名称很不公平,应该叫"扬州八家"。这是对的,哪一个都不能叫"怪"。我觉得现在真正需要有人郑重地写一回扬州的文化、扬州的传统、扬州的经济、扬州的建设、扬州的交通、扬州的人文历史。扬州文化离开人是不行的。从前扬州只被认为是歌舞升平之地,其实不光是这样子。扬州的商人也做了许多与文化有密切关系的事,直到现在我们也离不开他们刻的那几部大书。所以,现在如果在《扬州画舫录》框架之下，重新写从清朝到现在的扬州人文成绩，写新中国成立后的扬州怎么样，它比以前更进一步或几步，远走多少里，多少路程，扩大多少范围，这是了不起的。我觉得我人微言轻，昨天听孙书记说他在规划扬州怎样扩建，我很兴奋。我想，应该一边动手建设这个地区，一边动笔记录这些成绩。

附录

追忆陪侍启先生

白化文

陈寅恪先生有诗云:"贞元朝士曾陪侍,一梦华胥四十年。"所谓"贞元朝士",陈先生原意,似指清季光绪宣统时期的、以北京为轴心的、受朝政影响的文士集体。窃以为,这"贞元朝士"可以扩大泛指与借用,某一沧海横流、社会变动巨大,而一代文士流徙的时代中人,那是又一时代的"贞元朝士"了。启先生这一代可说是新时期的"贞元朝士"。我的一梦,若从20世纪70年代末期陪侍启先生算起,也有三十多年,接近四十年了。当然,我焉敢窃比陈先生,陪侍的人有各种层次,可以很多的,此处不过借用,作为本文引子罢了。

我亲近并偶或陪侍启先生,还是在小乘巷时期。是由我的大学同班沈玉成学长带我晋谒的。启先生那时偶尔有闲,您爱聊,我爱听,您聊的多为"积古"(《红楼梦》中贾母所言)的话,不涉及时务。沈玉成对启先生说"有白无害",证明我不会传播是非。得到启先生首肯，此后我就常常独自到启府，得聆绪论。我还相当乖觉，一有别的我不熟悉的生人抵达，就告辞。启先生越来越满意我了。

为了助谈锋，好好学习，我还经常提点问题。例如，一次我提问：《红楼梦》第六十五回，尤三姐说："咱们清水下杂面，你吃我看；提着影戏人儿上场儿，好歹别戳破这层纸儿。"后两句我懂，前两句不懂，我以为都是歇后语，就提出来问启先生，因为您既是老北京，又是红学大专家。不料此时来了不速之客，我赶紧告辞。没有再问过，至今，我还是不懂。现在，有哪位明白人，点拨点拨我吧。

熟了，有时推门就进。一天下午，我推门进入，启先生正睡午觉呢。我悄悄坐在角落里，不敢吭声。一会儿，启先生翻身起来，从床下拽出一个尿盆就小便，接着翻身再上床，又睡了。待儿，草堂春睡觉，爬起来发现了我，说："什么时候来的？"

启先生和沈玉成聊天，偶尔问到我的家世。过几天，沈玉成告诉我说，启先生说，与我的外家的一位"老祖"，即我外祖父的叔叔认识，似乎还是"口盟"。也就是相约为把兄弟，但没有正式到关帝庙内磕头换帖。沈玉成说，白某乃曾孙一辈。我说，给启先生当"奄拉孙"（北京土话对曾孙的谑称），还算我的光荣呢。大约沈玉成对启先生讲了。启先生原来管我叫"老白"，我称"启先生"。这次又见面，神情大变，什么也不说了，远远伸出左手，五指分开，在空中作爬行状，说："谁再提，谁是这个！"我说："没事，我愿意认您当老祖。"启先生说："绝对不行！"最后，我说，您的老同事周燕孙（祖谟）先生、陆颖明（宗达）先生全是我的业师，您肯定是我的长辈，我用模糊性的称呼，称呼您"老爷子"，总可以吧。启先生有点首肯。从此，我就称启先生"老爷子"，启先生也不叫我"老白"啦，干脆什么也不叫了，只是唯唯应答而已。

我有烧冷灶不烧热灶的积习，不怎么愿意到人多之处凑热闹。启先生移居师大后，我就不怎么来晋谒了。为筹备2003年王有三（重民）先生百年纪念，北大信息管理系，也就是我们系，派我几项任务，一项是请王先生的老友、一起编纂《敦煌变文集》的启先生题写《王重民先生百年诞辰纪念文集》题签。当时，启先生已经不怎么写字了，我怕碰钉子，转托柴剑虹先生去打探。启先生一口答应，说："非写不可！马上就写！"我理解：这是对老友的同情与追思，启先生是极有感情的人哪！据柴先生说，用一把尺子比着，硬笔书写才写下来的。我听了挺感动的。

2003年9月，我住院半个月，出院翌日即参加王先生的纪念会。此会有两个会场，分别在北大和国家图书馆举行。会后，计议给启先生送印好的纪念文集去，实际上应该早就送去的，就因为我住院耽误了。我系新上任的系主任王余光亲自出马，约请柴剑虹先生为先容。提前问给启先生送什么礼物。老爷子一口拒绝。柴先生说，老爷子爱毛绒玩具，送一个许行。转问，答应了。于是派博士生许欢（现为我系讲师）去买。我说，老爷子和熊猫都是国宝，送一个熊猫得了。不料，许欢买来一个像是圆脸耷拉耳朵大肥兔子形状的东西,说是最流行的造型了。包裹的玻璃纸还破了,无法退换。这时,系里会计说,为开会造的预算早已用光,拒绝再付出任何款项。连出车的车费都没有了。可是,我们得从北大开车到中华书局接上柴剑虹,再上师大,再回中华书局,请柴先生吃饭,再回北大。这一天车费起码百余元(按现在得三百元),无处可报。王余光有办法,叫来他的在职博士生韩芸女士(当时任职于中国人民大学图书馆),她仰慕启先生已久,无缘拜识,得知有此美差,兴奋异常,自己驾车,携带高级相机,拉着我们,于 10 月 8 日前往。到了老爷子家,一切如仪。启先生抱着毛绒玩具,爱不释手。我这才放心了。众人陆续与老爷子合影,鞠躬告退。这是我与老爷子唯一的一次合影,颇觉宝贵。

启功先生教我草与风

李强

20多年前,在启功先生家,几位老师本来是为书稿的事来访,话题游移,谈到当时热门的食品安全问题。启先生安静地听着,几位老师你一言、他一语,解释几个当时流行的食品化学品名。我恭陪末座,这时加了一句带情绪的话:

咱是草民,命贱,躲不开就乖乖吃些吧!

启功先生原本静静地听着,这时眼光转向了我,仍是慈眉善目,慢慢地说:

草民?那个"草",是与"风"对着的,草随风倒。往消极了说,也就是没有定向,不是"贱"的意思。

因为心里敬仰,在启先生生前身后,他的有些话我一直反复琢磨,不觉中,意思也变得比乍听时丰富、悠长,随当时启先生的音容笑貌,在我心里活着。

查《现代汉语字典》，草，确实没有贱的释义或引申义。民间的，草寇；或者草率的、非正式的，潦草、草稿，都不是贱的意思。草民之"草"，即是草的本意，草本植物的统称。

草民，不是贱民。传统文化有民贵君轻思想，不容贬低民贱，民也不当自贱。

政府、德行高尚的人物所提倡，或一地方、一团体人心所向的奉行，常被称之为风或者风气。"先生之风，山高水长"，是我们熟悉的说法。当然，也有反过来用的，如不正之风、腐败之风。如启先生所说，相对于"风"行之教化，便有"草"民的追随。草民随风匍匐，东西不定。在好风里幸福荡漾，于妖风中漠然摇晃。

自己检讨，我为什么觉得"草"民有下贱的意思呢？恐怕和那一段时期以来"屌丝""韭菜"之类的流行语影响有关。自己的意志，自己放弃秉持，就是放弃自尊。贱的自我暗示，也就来到心底驻留了。

每个人在实际生活里，都有私利人欲，也都有理想追求。那么，谁是随风时东时西的"草"？谁又做到了高风亮节的"风"呢？

想到一件小事。近来，网络流传一张当年启先生填的某资格审查表格。表格只拍照了局部，有启先生自填的姓名、出生日期等常项。其中，被传播者红圈圈亮的是"外语程度"一项，启先生亲笔填写的是：都已经忘了。

哈哈哈哈哈，老实到最简单的真实！

有些人，入党申请书，填写了两年以后文件才有的提法；学位证书，都是走门子"做"的。在谎言因见惯而懒得揭穿的时候，这就是大家传播这个图片的会意处，有多少莞尔伴随着理解的转发。

启先生只是实事求是地填写，这没有幽默，更不是哗众取宠。

20世纪90年代，台湾刚开放杰出人物访台，启先生很想去一趟台湾，年纪大了，他想去台北看望比他更老的老朋友台静农。台先生是启先生初到大学教书时第一个认识的"大哥"，两人感情深厚。台先生在信中说，我走不动啦，你快来吧，不然今生就见不到了。

去台湾也要填表。有人教启先生说，您不是党员，就照实了填；社会任职一项，政协常委就不要填啦。大家都是这样填的。

启先生希望成行，却不同意隐瞒，坚持如实填写。也许寄望台湾方面能够通融吧。终于，说法复杂，没有成行。到了两岸来往进一步通达时，启先生也像台先生一样，太老走不了了，两位老友终于没能如愿再见。

个人，无论平凡或是伟大，都在社会的风气和规则下生活。囿于风气也不能作假，安于规则并不是平庸；而逃避规则、舍义趋利、依恃特权，看似一时的小聪明，丧失的却是人格的尊严。这也许是一个人草伏或风高的分野吧。

20世纪50年代末，启先生被"无现行"划为"右派"。虽然情感上不能接受，思想与行为还是接受现实的改造，不卑不亢，坚持克己宽人的一贯做人信条。身边的群众是了解启先生的，组织也较早给他摘了帽子。到彻底落实政策的时候，启先生说了一句话：我没有提意见的现行。这也算自己给自己情感的平反。

"文革"后期，启先生老伴去世，膝下无嗣，诸病缠身，一个人拖泥带水地生活，到了生平最坎坷的时候。老实说，捐赠贴身珍藏的文物，写出著名的"自撰墓志铭"，将心比心，不能说启先生对一生坚守的做人信仰没有一丝失落之情。岂知这恰是命运"迟来的春天"之前，弄人的最后寒冬。此后的二十年里，启先生精神焕发，更加无私忘我，心里全部想的，是为教育和文化多做一点事情。

启先生说，我就是一名教师。

教师本属一介"草民"。"草民"也可以开启智慧，坚定做人，达人达己，利益大众。政府和群众信任启先生，在"迟来的春天"里给了启先生很高的荣誉和尊重。启先生之风，山高水长，信服大众，陶甄后生。

在草和风的关系里，人是能够主动把握命运的。从草民的随风而倒，到平民的匹夫有志，到公民的权利自律，直到开启生命智慧、服务社会他人、做一个高风亮节、有益人群的人。时代和风气如天气，变幻不居，而人的自我完成，毕竟是自由的。

出版说明

谈起当代书法,绕不开启功先生和"启体"。大众对启功的印象,也几乎停留在"书法家"层面上。以书法名世,对启功来说是有些意外的。他一生致力古典文学研究,精于书画鉴定,且长期教书育人,书法对其只是余事。中学毕业的启功,经过刻苦学习成为一代宗师,并任中国文史研究馆馆长、中国书法家协会主席。无论贫寒或富贵,始终清正其身,清净其心。他为北京师范大学题写的校训"学为人师,行为世范",堪称其人格写照。

启功号称"诗书画三绝",其文清逸,却少为大众所知。本书从北京师范大学出版社版《启功全集》中精心编选,力图呈现其生平际遇及精神风貌,为读者带来启迪滋养。

本书编选原则如下:

1. 全书分为四部分,分别对照作者的童年、青年、中年和老年,每章前附有启功简明年谱,方便读者对照理解。

2. 尽量保留原貌,同时查考相关资料订正文字和标点,不确之处以脚注的形式说明,以与括号中的作者自注相区别。

3. 文中人物如以别称形式出现的,以脚注的形式说明。

4. 精选启功书画作品作为彩插,以便读者全面欣赏。

由于编者水平有限,加之编选时间仓促,倘有疏漏之处,期待广大读者予以指正。